Les grands esprits

Données de catalogage avant publication (Canada)

Staunton, Ted, 1956-
  [Great minds think alike.Français]
  Les grands esprits

(Les aventures de Lulu et Cyril)
Traduction de : Great minds think alike.
ISBN 0-590-73578-0

I. Duchesne, Christiane, 1949- . II. Titre. III.Titre :
Great minds think alike. Français. IV. Collection :
Staunton, Ted, 1956- . Les aventures de Lulu et Cyril.

PS8587.T334G7414 1990   jC813'.54   C90-094701-2
PZ23.S73Gr 1990

ISBN 0-590-73578-0

Titre original : Great Minds Think Alike.

Édition publiée par Scholastic Canada Ltd., 123, Newkirk Road, Richmond
Hill (Ontario) L4C 3G5, avec la permission de Kids Can Press Ltd.

5 4 3 2 1   Imprimé au Canada   0 1 2 3 4 5/9

Les grands esprits

Ted Staunton

Texte français de
Christiane Duchesne

Scholastic Canada Ltd.
123, Newkirk Road, Richmond Hill (Ontario) Canada.

*Pour Will
qui est arrivé juste à temps,
et à Charis Wahl,
avec tous mes remerciements.*

Table des matières

Le cadeau-surprise...7

Les oeufs...38

Plongée sous-marine...61

Une peur bleue...92

Des cailloux dans les chaussettes...123

Le cadeau-surprise

— Quel est l'animal qui marche sur la tête?
— Je ne sais pas. Lequel?
— Le pou!
— Bof! ai-je fait en grommelant.

Nous avions fini de souper. J'étais assis devant chez moi avec Lulu, et nous étions en train d'espionner Jérémie Lambriquet, le pire ennemi de Lulu, tout en lisant un livre de devinettes.

Tout le long de la rue des Perroquets, on pouvait voir des gens assis sur leur perron; d'autres arrosaient leur jardin. Derrière les arbres, le ciel virait à l'orangé. Les tondeuses ronronnaient. L'été était presque arrivé; il ne restait que six jours d'école et cela aurait dû nous réjouir. Mais cet été-ci allait être aussi difficile que la devinette du pou : monsieur Martin nous quittait, ma grand-tante Gertrude venait s'installer chez nous, et Jérémie, lui, ne partait pas.

Rien que d'y penser, j'avais l'impression d'avoir avalé une douzaine de citrons.

Ce qui me chagrinait le plus, c'était la nouvelle au sujet de monsieur Martin. C'était notre professeur depuis déjà deux ans, et il allait nous quitter pour enseigner dans une autre école à l'automne.

Je n'ai jamais été le meilleur de la classe, comme Lulu ou Jérémie, mais j'ai quand même participé à de grandes choses. En tout cas, j'aimais penser que j'y avais pris part parce que tout ce que monsieur Martin entreprenait était excitant. Il blaguait sans arrêt et il tortillait les pointes de sa moustache jusqu'à ce qu'elles lui frôlent les yeux; il nous parlait souvent de ses expériences de camping, de plongée sous-marine ou de voyages passionnants. Parfois même, il nous laissait faire des trucs qu'aucun autre professeur n'aurait permis dans sa classe.

Je voulais lui faire une grosse surprise, et lui faire savoir qu'elle venait de moi sans avoir à le lui dire. La meilleure idée que j'avais eue, c'était de lui offrir quelque chose de spécial pour la plongée ou les excursions, mais je ne savais pas très bien quoi. J'aurais pu demander conseil à quelqu'un (même si je n'en avais pas vraiment envie), mais ma mère était à son école, mon père ne connaissait rien des intérêts de monsieur Martin et Lulu passait son temps à espionner Jérémie. Le temps filait et je n'avançais à rien.

J'arrivais tôt à l'école, je me proposais pour aider, je levais souvent la main, je restais même après les heures de classe. Mais peu importe. J'avais besoin de trouver quelque chose d'extraordinaire, mais j'en étais réduit à essayer de dénicher une super bonne devinette à lui raconter.

Lulu m'a tendu le livre de devinettes et elle s'est calée dans sa chaise jusqu'à ce que sa tête disparaisse sous les appuie-bras. Elle s'est étiré les jambes de façon à ce que ses espadrilles rouges touchent la rampe du perron. Les pieds en l'air, elle ressemblait à un périscope humain. J'ai déplacé ma chaise pour atteindre la rampe, moi aussi. Lulu n'allait pas être la merveille de la rue des Côteaux et être plus grande que moi en plus. Pas beaucoup plus, en tout cas.

J'ai feuilleté le livre.

— Que dit le pain quand on le coupe? Il diminue. J'ai ri, mais pas Lulu.

— Pourquoi faut-il toujours partir en camping avec un arbre généalogique?

Pas de réponse.

J'ai levé les yeux. Lulu n'écoutait même pas. Elle regardait entre les barreaux de la rampe. Beaudry, Félix et Marie-Lise venaient de ranger leurs vélos dans l'entrée de chez Jérémie et suivaient ce dernier dans la cour.

— Les traîtres! a lancé Lulu.

Mes citrons me ravageaient l'estomac, et j'ai fait la grimace. Les problèmes de cabane recommençaient. Je vous explique : Jérémie habite la maison qu'habitait Lulu avant de déménager sur la rue des Côteaux; il passe son temps à répéter qu'il va démolir la maison que Lulu avait construite dans un arbre de sa cour. C'était l'endroit que Lulu préférait par-dessus tout, et Jérémie en profite pour l'agacer. Nous avons pelleté tout l'hiver pour ramasser l'argent nécessaire à l'achat d'une nouvelle cabane, mais nous l'avons dépensé sans nous en rendre compte. De plus, il a fallu espionner jusqu'à ce que Lulu invente un nouveau plan contre Jérémie. Mais maintenant, elle espionnait encore au lieu de faire ce qu'elle m'avait promis : me mettre hors de portée de ma grand-tante Gertrude.

Gertrude, la tante de ma mère, la personne qui me fait le plus peur dans toute ma famille, venait passer deux semaines avec nous à la fin de juillet. Rien que d'y penser, je sentais mes orteils ratatiner. Elle allait sans doute me lancer un de ses regards sévères par-dessus la table de la salle à manger parce que je ne mangerais pas mes fèves de Lima, comme elle faisait quand j'étais petit. Elle préférait les fèves de Lima aux enfants, c'était évident. J'essayais de ne pas imaginer son séjour chez nous, mais je ne pouvais pas m'empêcher de penser aux lobes de ses oreilles. Elle a les lobes les plus longs au monde. Même ma mère le dit.

Lulu a promis de m'aider à échapper à la grand-tante Gertrude, mais ça, c'était avant que

Jérémie ne se mette à inviter tout le monde, sauf nous, à jouer dans la cabane. Cela équivalait, pour Lulu, à une déclaration de guerre.

Au moins, elle ne me traînait plus dans la cour des Paulin pour mieux espionner avec ses jumelles. J'avais eu une peur bleue : je ne savais pas que leur chien était aussi gros.

— Lulu! Est-ce que tu m'écoutes, oui ou non?

— Attends une seconde. Je note les noms.

Lulu notait dans un petit carnet le nom de tous ceux qui entraient dans la cour de Jérémie. Elle ne quittait plus son carnet depuis qu'elle avait lu la vie d'une célèbre espionne. Puis, elle a jeté un coup d'oeil à sa montre et elle a également noté l'heure.

— Bon, ça va. Qu'est ce que c'était, ta devinette?

— Pourquoi faut-il toujours partir en camping avec un arbre généalogique? Tu donnes ta langue au chat? Pour être sûr d'avoir au moins une tante!

— Quel casse-pied!

Et avant que j'aie eu le temps de répliquer, Lulu a ajouté :

— Mais c'est exactement ce qu'il nous faut! Une tente! On pourrait la transporter où on voudrait pendant que les autres seraient toujours dans la même vieille cabane. Ou encore on pourrait...

— On pourrait l'offrir à monsieur Martin, me suis-je dit tout bas.

C'était l'idée la plus géniale, la plus fantastique, que mon jeune cerveau ait pu avoir depuis sa naissance.

11

En un clin d'oeil, mes citrons se sont transformés en limonade. C'était le cadeau rêvé puisque monsieur Martin nous avait dit qu'il partait en camping cet été, mais avec une tente percée. En un éclair, j'ai tout vu, comme au cinéma : le dernier jour d'école, monsieur Martin ouvrirait son paquet emballé dans du joli papier, et il demanderait qui avait eu l'idée géniale de le lui offrir; tous les autres me pousseraient vers l'avant et je dirais : «C'est un petit cadeau de rien du tout»; alors monsieur Martin tortillerait sa moustache et m'inviterait à camper avec lui. J'ai presque pouffé de rire tout haut.

— Combien ça coûte, une tente? ai-je demandé pendant que Lulu continuait à parler, sans faire attention à moi.

— Sûrement plus que tout l'argent qu'on a ramassé! a-t-elle répondu en soupirant.

— Ouais, mais tout le monde devrait contribuer... Lulu m'a regardé comme si j'avais une fuite de cerveau.

— Et pourquoi tout le monde devrait payer pour m'acheter une tente?

— Pas pour la tienne! Pour celle de monsieur Martin!

Je lui ai expliqué mon plan, sans faire mention de la partie où je faisais figure de héros.

— Pas bête, ton idée, Cyril. J'y aurais pensé moi-même si je n'étais pas si occupée à espionner

Jérémie. Mais j'achèterais quand même une tente pour nous deux.

— D'accord, d'accord. Mais on s'occupe d'abord de celle de monsieur Martin, ai-je supplié. S'il te plaît! On s'associe? Allez, je vais t'aider à régler le cas «Jérémie».

Lulu ne répondait rien. Moi, je pensais en accéléré.

— Peut-être que monsieur Martin voudra nous la prêter, à son retour de vacances, s'il sait que l'idée vient de nous?

— Eh bien... a fait Lulu en se mordillant la lèvre, mais la priorité reste la cabane et Jérémie, c'est bien d'accord? Et tu dois faire tout ce que je dis.

— Ouais... évidemment, ai-je répondu sans trop m'en faire puisque nous étions de nouveau associés.

Enfin, presque... Lulu a ajouté aussitôt :

— Oh, oh! Cyril, un problème à l'horizon! Ton père s'arrête chez Jérémie.

Mon père remontait la rue des Perroquets, un sac d'épicerie à la main, quand la mère de Jérémie l'a appelé du pas de sa porte. Il s'est dirigé vers la maison des Lambriquet. Ils avaient tous les deux l'air plutôt bizarre : mon père en jeans avec le vieux t-shirt qu'il porte toujours sauf quand il doit faire une entrevue pour son journal, et madame Lambriquet toute chic. Elle avait déjà dit à ma mère que pour réussir dans l'immobilier, il faut toujours être bien habillée.

Elle a tendu une petite carte à mon père. Elle parlait comme un moulin à paroles. Mon père a repris le chemin de la maison tandis qu'elle le suivait sans cesser de jacasser.

— Ça me semble bien louche, a soufflé Lulu.

Elle a sorti son carnet, sans les quitter des yeux. La mère de Jérémie était connue pour ses petites cartes qu'elle distribuait à tout le monde à dix kilomètres à la ronde, au cas où ils auraient eu l'idée d'acheter une maison ou quelque chose du genre. Mes parents disaient que, s'ils la voyaient assez souvent, ils pourraient tapisser les murs de toute une pièce avec ses cartes d'affaire.

— Laisse tomber, Lulu. Elle essaie sans doute de lui vendre un terrain marécageux...

Mon père disait toujours que la mère de Jérémie essayait de vendre des marécages en Floride et des réfrigérateurs aux habitants du pôle Nord.

— Eh bien, tâche de trouver ce qu'ils se sont dit, a fait Lulu en gribouillant dans son carnet. Vite, il arrive!

Elle a refermé son carnet et s'est assise dessus.

Moi, j'avais quelque chose de beaucoup plus important à demander à mon père.

— Papa, combien ça coûte, une tente? lui ai-je demandé au moment où il montait l'escalier.

— Une tente? a-t-il répondu en haussant les épaules. Je ne sais même pas faire la différence entre une tente et ce sac de plastique. Tu devrais demander à ta mère. Elle, c'est une professionnelle du camping. Tu sais, comme ceux qui taillent leurs cure-dents dans une épinette...

Là-dessus, il est entré dans la maison.

— Cyril! a fait Lulu en me regardant d'un oeil sévère.

—Je lui demanderai une autre fois! ai-je répondu sans l'écouter. Viens, on va voir ma mère pour la tente.

— Mais tu me jures que tu vas demander à ton père ce que la mère de Jérémie avait à lui dire? Croix sur ton coeur, juré, craché?

— Promis, juré.

Et j'ai poussé la porte.

Quand nous avons expliqué ce que nous voulions, ma mère a étalé plusieurs catalogues sur la table de la salle à manger. Il y avait des tentes étonnantes, en forme de bulle, avec des pointes, de toutes les couleurs. Lulu était au bord de l'extase rien qu'à l'idée d'en avoir une dans sa cour. Moi aussi, je m'extasiais, me voyant déjà offrir à monsieur Martin une tente de la sorte devant toute la classe. Le seul problème, c'est qu'elles coûtaient une fortune, ces tentes. Maman a tourné la page.

— Ah! Voilà ce qu'il vous faut, a-t-elle dit. Plancher plastifié, double-toit... ça, c'est le truc rouge qui protège de la pluie... aération à l'arrière, pour deux personnes.

— C'est parfait, ai-je murmuré.

— Mmmm, oui, a fait maman. Peut-être un peu

petite, mais monsieur et madame Martin devraient y tenir à l'aise.

— Madame Martin?

— Elle voudra peut-être aller camper elle aussi, a dit ma mère en souriant.

— Oh!

Je n'avais pas pensé à madame Martin. Il faudrait que je lui trouve quelque chose à faire pendant que moi, j'irais camper avec son mari.

— Et le plus beau, continuait ma mère, c'est que c'est tout à fait à la mesure de vos moyens.

On pouvait lire : TENTE ÉCONOMIQUE AVEC DOUBLE TOIT, 32,99 $. Nous étions vingt-neuf dans la classe. Ma mère a dit que si chacun donnait un dollar vingt-cinq, nous aurions assez d'argent pour acheter la tente et payer la taxe. Elle nous a aidés à rédiger une note demandant à chaque élève d'apporter son argent le vendredi suivant. Mon père l'a dactylographiée. La secrétaire de l'école s'occuperait de faire des photocopies le lendemain matin.

Après tout cela, je me sentais si bien dans ma peau que je n'ai même pas rouspété quand Lulu m'a traîné dehors pour continuer à espionner Jérémie.

— Et n'oublie pas de demander à ton père à propos de madame Lambriquet, m'a-t-elle répété comme si j'étais un bébé.

Je me suis lamenté un peu. Ce qui m'intéressait, c'était de discuter de camping avec ma mère.

Les jours suivants toutefois, j'étais trop occupé à

réfléchir. Il avait fallu distribuer les copies et ramasser l'argent sans que monsieur Martin ne se doute de rien. Lulu m'a aidé et le vendredi, tout le monde avait apporté sa contribution, sauf Jérémie. Il a dit qu'il n'allait pas donner d'argent parce que monsieur Martin était pourri à côté de son ancien professeur.

— Ah oui? a demandé Jules. Alors comment se fait-il que tu sois toujours à ses trousses? Monsieur Martin! Ho, ho! Monsieur Martin!

Jules agitait frénétiquement la main, imitant Jérémie quand il voulait répondre à une question.

— Et pourquoi ta mère est venue dire à monsieur Martin qu'il était le meilleur prof? a ajouté Monica.

«Parce qu'elle veut lui vendre un de ses terrains marécageux», ai-je failli ajouter.

Je l'avais bien vue tourner autour de monsieur Martin en roucoulant et lui donner sa carte d'affaires, mais j'ai eu une meilleure idée. J'ai dit :

— Parce qu'elle est venue demander un *A* pour son chouchou.

C'était probablement la vraie raison de sa visite. Jérémie a levé le nez très haut.

— J'ai déjà des *A* partout dans mon bulletin.

— Pourquoi on ne dirait tout simplement pas à monsieur Martin que Jérémie n'a pas voulu contribuer au cadeau? a alors lancé Lulu.

Cela a eu de l'effet! Jérémie-le-chouchou a cédé comme si un rocher venait de s'abattre sur lui. Mais il n'a jamais donné d'argent. Il disait qu'il avait oublié. Visage à deux faces!

Finalement, tout a bien marché, car mon père nous a donné cinq dollars au cas où nous en aurions manqué. Il a dit qu'il ne souhaitait à personne de passer une nuit sous la tente, mais qu'il ne voulait tout de même pas que monsieur Martin couche à la belle étoile.

Samedi matin, ma mère et moi sommes allés acheter la tente et une carte de souhaits. J'ai passé la moitié de la fin de semaine à m'imaginer que j'étais avec monsieur Martin dans les montagnes sous la tente toute neuve, bravant les avalanches et partant en excursion jusqu'en Alaska. Madame Martin n'avait pas eu envie de venir avec nous et de plus, elle faisait des recherches «top secret» pour le gouvernement. Dimanche soir, j'étais rendu au pôle Nord avec monsieur Martin. Il ne restait plus que deux jours et demi d'école.

Lundi et mardi, nous avons fait le ménage de la classe, nous avons joué au baseball et presque achevé un livre que monsieur Martin nous lisait; nous avons même travaillé un peu. Monsieur Martin a dû nous demander de nous taire au moins huit cents fois, mais qui pouvait être sage à la veille des vacances? Faire du vélo, manger de la crème glacée, grimper aux arbres, courir dans les jets d'eau des arrosoirs sur les pelouses, nager... Sans parler de la surprise que je préparais pour monsieur Martin et dont tout le monde allait être témoin. Je me sentais à peu près comme une bouteille de boisson gazeuse qu'on secoue avant de l'ouvrir.

Mardi soir, Lulu est venue m'aider à trouver une boîte pour la tente, et à l'emballer avec un papier de fantaisie. La tente était déjà roulée dans son sac bleu.

— As-tu parlé à ton père? m'a demandé Lulu en entrant.

J'avais oublié. Lulu écumait. Elle s'est mise à rouspéter.

— Je vais lui demander. J'ai promis, non? ai-je dit.

Ma mère avait déjà déroulé le papier d'emballage sur la table de la salle à manger. Elle avait, elle aussi, un cadeau à envelopper pour quelqu'un qui quittait l'école où elle enseignait. Le cadeau était dans un sac de plastique violet et quand Lulu a demandé ce que c'était, elle a répondu :

— Vous pouvez jeter un coup d'oeil.

J'ai ouvert le sac, mais je ne voyais rien d'autre que de petits bouts de tissu brillant, imitation léopard. Lulu les a sortis du sac et les a secoués un moment au bout de ses doigts.

— Oh! ai-je fait.

Lulu est devenue toute rouge et s'est mise à rire. C'était un maillot de bain minuscule.

Maman s'est mise à rire, elle aussi.

— Plutôt spécial, non?

Nous ne pouvions pas nous arrêter de rire.

19

— Ridicule! a grogné Lulu.

— Eh bien... a fait ma mère en haussant les sourcils comme elle le fait quand elle veut faire semblant de discuter, un jour, ce sera à votre tour d'aimer ce genre de chose...

— Jamais! avons-nous répondu, dégoûtés.

— On verra bien. Vous allez aimer les trucs osés, vous aussi. Mais ne vous inquiétez pas, c'est une blague. Quelqu'un d'autre doit apporter le vrai cadeau. Quand vous aurez fini d'emballer la tente, vous m'aiderez à déguiser cette petite chose en gros cadeau.

Elle a remis le bikini dans son sac et l'a laissé tomber dans une énorme boîte.

Tout en travaillant, j'ai demandé à ma mère :

— Es-tu déjà allée camper comme les vrais campeurs?

— Ah oui! a-t-elle fait en souriant. Quand j'étais toute petite, et jusqu'à l'université. Au fait, tu sais avec qui j'allais camper? Avec tante Gertrude.

— Sans blague?

— Ouais. Avec elle et l'oncle Marcel. Nous allions dans des chalets, aussi.

Je m'imaginais la grand-tante Gertrude toute chic, ses lobes d'oreilles pendant jusqu'à la taille, installée dans un canot. Ou encore assise à la table de la salle à manger, mais au milieu de la forêt près d'un feu de camp. Elle regardait ma mère, qui ne mesurait même pas un mètre, et lui disait de manger ses fèves de Lima.

— Est-ce qu'elle te forçait à manger des fèves de Lima?

Maman s'est mise à rire.

— Non, mais elle m'a montré comment nettoyer un poisson et ensuite, c'est moi qui devais le faire.

Cette fois, j'ai eu une vision de la grand-tante Gertrude avec ses colliers de perles et tout, un couteau de boucher à la main.

— Mais elle est bien trop vieille! ai-je dit.

— Elle n'a pas toujours eu le même âge, mon biquet, et elle n'est pas si vieille que ça. Tu verras quand elle arrive, elle va bien te surprendre!

Je me retrouvais une fois de plus avec mes citrons dans l'estomac, alors j'ai parlé d'autre chose.

— Et pourquoi nous, on ne va pas camper?

— D'abord parce que ton père a horreur de ça, a dit ma mère en essayant de ne pas rire. Nous sommes allés camper une fois, avant ta naissance. Sur une île, dans le nord. Ton père n'avait jamais fait de canot auparavant. Il nous a fait renverser et tous nos bagages ont été complètement trempés. En plus, ce soir-là, il y a eu un terrible orage, et le lendemain, il a plu toute la journée. Ton père bougonnait tellement que nous ne sommes jamais retournés camper depuis.

Maman riait, Lulu souriait, mais moi, je ne savais pas s'il fallait rire. Est-ce que ma mère avait raison de parler ainsi de mon père devant Lulu et moi? En tout cas, elle m'a fait un clin d'oeil en disant qu'un de ces jours, nous réussirions peut-être à emmener mon père en camping.

Nous avons aligné les deux cadeaux sur la table de la salle à manger. Ils étaient parfaits. Celui de ma mère était aussi gros que le nôtre, mais il était bleu, et le nôtre vert. Tout était prêt.

Ce soir-là, je ne pensais même pas pouvoir dormir. J'étais couché sur le dos, pensant à notre cadeau. Nous savions qu'il allait y avoir de la limonade et des biscuits à la fin de la matinée. Après ce goûter, Lulu devait faire jouer une musique de trompettes, du genre qu'on utilise pour annoncer un grand événement. Ensuite, Monica, la grande langue de la classe, bondirait en disant : «Monsieur Martin, nous devons interrompre cette fête un court instant». Quand tout le monde serait très calme, je m'avancerais avec le cadeau en disant : «Monsieur Martin, voici un cadeau de la part de toute la classe». Tout le monde applaudirait pendant qu'il ouvrirait le cadeau.

C'était ainsi que j'avais prévu le déroulement des événements, mais sans aller plus loin. Quand il ouvrirait le cadeau, je serais devant lui, prêt à recevoir les remerciements et à me faire inviter à aller camper. Ce serait absolument parfait.

Ensuite, ce serait l'été. Demain. Je gigotais dans mon lit, je bâillais pour voir si j'étais vraiment fatigué. Pas encore. J'ai entendu une voiture passer et s'arrêter devant chez nous. La portière a claqué. Ce devait être mon père. Quelques secondes plus tard, j'ai entendu une chaise glisser sur les dalles du jardin, et la voix de mon père. Ma mère répondait doucement. Ils ont parlé un moment de travail. J'ai distingué «tante Gertrude», puis un petit rire, puis encore quelque chose que je n'ai pas compris. Ensuite, mon père a dit qu'il avait oublié d'en parler (mais de quoi?). Ma mère a haussé le ton pendant quelques secondes. Elle avait l'air déçue. Un chien a aboyé dans les environs. Je me suis demandé s'il s'agissait du chien des Da Costa. Des bruits de pas dans la rue. Mes parents ont lancé un «Bonsoir» à quelqu'un. J'ai tourné mon oreiller du côté le plus frais, je me suis retourné et puis, c'était le matin.

J'étais debout et habillé, en bas dans la cuisine, bien avant que mon père m'appelle. J'ai avalé mes céréales tellement vite que j'arrivais à peine à fermer la bouche.

— L'aspirateur ambulant, a dit papa en hochant la tête. Ta mère et toi, vous courez comme des fous.

J'ai vite brossé mes dents.

— N'oublie pas ta tente! a lancé mon père. Ta mère a oublié son bikini ce matin, et je dois aller porter ce fichu cadeau à son école quand j'aurai fait les courses.

— Grrrphmmmf! ai-je marmonné, la brosse entre les dents.

Pas de danger que j'oublie le cadeau de monsieur Martin!

J'ai fermé le robinet et j'ai couru dans la salle à

manger. J'ai attrapé la boîte, crié «Au revoir» à mon père, claqué la porte et couru tout le long de la rue des Perroquets. Je ne me suis arrêté qu'une fois rendu dans la classe. Je me suis empressé de cacher le cadeau sous une grosse boîte dans le vestiaire. Tout seul dans la classe, j'imaginais encore le déroulement des événements : la limonade, les trompettes, l'annonce, le cadeau, tous les yeux rivés sur moi, les applaudissements. Cyril, le héros! J'aurais voulu que tout cela dure des heures.

Quand les élèves ont commencé à entrer, je les ai laissés jeter un coup d'oeil sur la grosse boîte, en laissant quelqu'un à la porte pour surveiller l'arrivée de monsieur Martin. Lulu s'occupait du magnétophone et donnait des instructions à Monica. Du coup, elle n'a pas eu le temps de venir fouiner autour du cadeau avant que la cloche sonne. Sur la pointe des pieds, je suis enfin allé lui montrer la boîte qui, même sur le plancher, avait l'air extraordinaire dans son papier bleu brillant et avec sa grosse boucle blanche.

— Super, hein? ai-je murmuré en remettant la boîte à sa place avant que monsieur Martin ne se doute de quelque chose.

Lulu a eu l'air intrigué, puis l'air de ne pas comprendre et enfin, l'air fâché.

—Cyril! m'a soufflé Lulu. Triple buse! On n'a pas pris du papier bleu, on a pris le papier vert! Ce n'est pas la tente, c'est le bikini!!!

J'ai senti mon estomac descendre jusqu'en Chine.

À moins que quelqu'un n'agisse brillamment et très rapidement, monsieur Martin allait recevoir un bikini imitation léopard et je serais tourné en ridicule par tous les élèves de la classe.

J'ai réussi à me rendre jusqu'à mon pupitre en me disant : «Ça va, ça va aller. Tout ce qu'il faut faire, c'est de... de me sauver en courant. Non, c'est de... demander si je peux aller téléphoner.» Évidemment. C'était facile. C'était même vrai que je voulais téléphoner. Cette idée de génie n'était pas si difficile à exécuter, après tout.

Aussitôt que la classe a commencé, j'ai couru vers monsieur Martin, j'ai obtenu ma permission et j'ai couru encore jusqu'au bureau de la secrétaire. J'allais téléphoner à mon père, il m'apporterait la tente et il rapporterait le bikini à ma mère. Très simple.

Mais ce n'était pas simple du tout. J'ai téléphoné trois fois à la maison, mais c'était toujours occupé. La secrétaire m'a dit de revenir plus tard. Pas de problème, me suis-je dit. J'avais tout le temps. Mais quand j'ai dit ça à Lulu, elle n'a pas eu l'air contente.

— Ça veut dire un tas de problèmes, Cyril! m'a-t-elle prévenu. Tu ferais mieux de me tenir au courant au cas où tu aurais besoin d'un plan.

— Ça va aller, ai-je dit sans beaucoup de conviction.

— Peut-être, a-t-elle répondu, l'air maussade.

Mais tu as quand même été assez idiot pour confondre les deux cadeaux.

— Ce n'est pas ma faute, c'est ma mère qui a tout gâché.

— Ouais... a fait Lulu en pinçant les lèvres. Tu devrais téléphoner de nouveau.

Et c'est ce que j'ai fait. Encore, encore et encore. La tonalité «occupé» me virait l'estomac à l'envers. On en était presque à la récréation, nous allions manquer de temps. Monsieur Martin allait terminer le livre qu'il nous lisait et ce serait l'heure de la limonade et du cadeau.

Enfin, j'ai eu la communication. Je tenais le récepteur à deux mains et j'étais prêt à parler en accéléré. Mais il n'y avait personne à la maison.

Je me suis tout à coup senti comme sous un rouleau compresseur. Je voyais déjà le spectacle : monsieur Martin tenant entre ses mains le bikini en léopard, la classe écroulée de rire, et moi dans de beaux draps! Personne ne m'adresserait jamais plus la parole. J'aurais voulu me cacher dans le panier à papier jusqu'à ce que le concierge fasse le ménage.

Puis j'ai vu Lulu apparaître à la porte de la bibliothèque. Elle tenait à la main son livre de devinettes; elle le rapportait, je suppose.

— Qu'est-ce qui s'est passé ?

En lui racontant la chose, je me suis senti bouillir de colère. Après tout, si ma mère n'avait pas oublié son cadeau, si mon père avait été à la maison, tout aurait été parfait.

— Tout est fichu, maintenant.

— Oh, Cyril! a fait Lulu. Téléphone à l'école de ta mère et laisse un message à ton père, lui disant d'apporter la tente en vitesse. Nous allons gagner du temps.

— Mais comment? C'est bientôt la récréation!

— Je ne sais pas encore, mais d'abord il faut que je rende mon livre à la bibliothèque et que toi, tu téléphones. Cyril, a-t-elle ajouté comme j'allais téléphoner, tu vas parler à ton père de madame Lambriquet, quand il sera là?

— Pas de problème!

C'était plus facile de répondre ça que d'avoir l'air de la super triple buse avec un bikini-léopard.

— Et...

— Oui, oui, ai-je promis sans même savoir de quoi il s'agissait.

Je courais déjà vers le bureau de la secrétaire.

Je suis revenu dans la classe avant la récréation. Lulu est revenue juste avant que la cloche sonne.

— Cache-toi dans les toilettes, a-t-elle murmuré, et rejoins-moi ici quand tout le monde sera sorti. J'ai un plan.

Lorsque je me suis glissé dans la classe, Lulu était en train de découper un morceau de papier rouge. Elle a à peine levé les yeux.

— Monsieur Martin surveille la récréation. J'ai pris des livres à la bibliothèque; mets-en un dans chaque pupitre. Quand chacun trouvera son livre, il sera bien obligé de le rapporter.

Quand j'ai eu fini, Lulu m'a demandé de cacher les verres à limonade quelque part. Elle a déposé son stylo feutre et plié son papier rouge.

— Je dois sortir, a-t-elle dit. Cache les biscuits n'importe où, prends la carte du cadeau et sors d'ici.

— Qu'est-ce que tu fais? ai-je demandé à Lulu en tripotant la pile de verres.

— Je m'occupe seulement de la partie la plus importante de notre plan d'action. Alors, n'oublie pas, après la récréation, quoiqu'il arrive, fais exactement ce que nous avons décidé de faire hier soir.

Et elle est partie aussitôt.

J'ai rangé les verres et les biscuits dans la mauvaise armoire. Puis, juste pour être bien sûr, j'ai déplacé la moitié des livres de sciences humaines au fond du vestiaire et j'ai glissé le livre que monsieur Martin était en train de nous lire sous une pile de papiers sur son bureau. Quand la cloche a sonné, je suis retourné me cacher dans les toilettes jusqu'à ce que tout le monde passe devant moi. Lulu était la dernière, son papier rouge à la main, faisant semblant de ne pas me voir. Je me suis installé sur ma chaise en promettant d'être sage jusqu'à la fin de mes jours si le plan fonctionnait.

Ma promesse ne semblait pas vouloir aider les choses. Quand monsieur Martin a demandé de sortir les livres de sciences humaines, Beaudry les a trouvés en deux secondes. Et quand le truc des livres de bibliothèque a été découvert, monsieur Martin a envoyé les élèves tous ensemble, au lieu de chacun son tour. Tout le monde est revenu aussi vite, comme s'ils avaient eu des motocyclettes. Ensuite, monsieur Martin a renversé la pile de papier sur son bureau et le livre qu'il devait finir de nous lire est apparu avant même qu'il ait à le chercher. Je n'en croyais pas mes yeux. Lulu restait sagement assise comme si tout allait bien. Elle a même bâillé. Moi, j'aurais voulu crier.

Monsieur Martin a commencé à lire, mais je n'arrivais pas à écouter. Je regardais tourner les aiguilles de l'horloge et j'essayais d'envoyer des ondes magiques qui auraient fait apparaître mon père. Qu'est-ce qu'il faisait donc? Venait-il à pied?

Avant que j'aie eu le temps de m'en rendre compte, l'histoire était terminée. C'était l'heure de la limonade. Les biscuits sont apparus comme si monsieur Martin avait eu des radars à la place des yeux. «Il reste les verres à trouver», me suis-je dit.

— Ça ne vaut pas la peine de perdre du temps à chercher les verres, a dit monsieur Martin.

Il a envoyé Monica en emprunter dans la classe voisine. Mon corps en entier se transformait en purée de pommes de terre.

Je suis resté assis sans bouger pendant qu'on distribuait les verres de limonade et les biscuits. Que faire? J'avais horreur que Lulu ne me tienne pas au courant. Tout le monde ne me disait que la moitié des choses.

— Écoutez-moi un petit moment, a dit monsieur Martin en tortillant sa moustache comme il le faisait toujours avant d'annoncer quelque chose. À onze heures trente, vous vous rendrez dans votre nouvelle classe pour quelques minutes, alors écoutez-moi une dernière fois. J'espère que vous avez aimé l'année que nous avons passée ensemble. Moi, j'ai eu beaucoup de plaisir avec vous.

L'an prochain, dans ma nouvelle école, plusieurs d'entre vous vont me manquer, et je vais regretter les bons moments que j'ai vécus ici.

Monsieur Martin a fait une pause et a longuement regardé la classe. Allais-je lui manquer, moi? Pas après l'affaire du bikini. Ce n'était pas juste. J'étais tellement fâché que les larmes me montaient aux yeux. Monsieur Martin a tiré sur sa moustache et il a continué.

«Je veux vous souhaiter bonne chance et vous dire combien j'espère vous revoir un jour ou l'autre. Enfin, je tiens surtout à vous souhaiter le plus bel été possible!»

Tout le monde s'est mis à applaudir. Tout le monde sauf moi, évidemment. C'était l'heure du cadeau.

Tout à coup, tous les élèves se sont retournés vers moi, puis vers Lulu. J'ai avalé ma salive et j'ai baissé les yeux. Gagner du temps, il fallait gagner du temps. J'ai entendu un bruit et...papam! le son des trompettes a retenti. J'ai eu l'impression que ma tête se décrochait de mes épaules et qu'elle frappait le plafond. Monica a dit son petit mot et tous les yeux se sont une fois de plus tournés vers moi. Lulu était-elle devenue folle? J'ai bondi sur mes pieds et marmonné la première chose qui me venait à l'esprit :

— Puis-je aller aux toilettes?

— Cyriiiil! a soufflé Monica. Le cadeau!

J'ai secoué la tête de désespoir.

— Pas tout de suite!

J'aurais voulu ravaler mes paroles, mais il était trop tard. Les autres se mettaient de la partie.

— Allez, Cyril! me disaient-ils.

Beaudry était déjà dans le vestiaire en criant : «Il y a un cadeau, monsieur! Un cadeau!»

Je n'arrivais pas à bouger avec mes jambes en purée de pommes de terre. Je regardais Beaudry aller vers le devant de la classe avec le cadeau. La boîte était maintenant sur le bureau de monsieur Martin et toute la classe se pressait autour. La fin du monde!

— Qu'est-ce que c'est? a demandé monsieur Martin en riant.

Il avait le sourire si large que ses moustaches lui touchaient presque les sourcils.

De la première rangée de la petite foule, Jérémie a dit :

— C'est de nous tous, monsieur.

Il a placé ses deux mains sur le cadeau et il l'a poussé vers monsieur Martin.

— Ah! Merci, Jérémie, merci à vous tous.

J'aurais voulu avoir des rayons laser à la place des yeux pour réduire Jérémie en cendres.

— Ouvrez-le! criaient tous les élèves. Ouvrez-le.

Monsieur Martin a pris une extrémité du ruban.

— Un instant!

Tout le monde s'est arrêté. Lulu tenait dans sa main sa feuille de papier rouge.

— Avant, a-t-elle ajouté, vous devez ouvrir la carte.

Lulu a fendu la petite foule et elle a tendu la carte à monsieur Martin.

— C'est gentil, a-t-il dit.

Il a déplié la carte et lu à haute voix :

— «Pour avoir droit à ce cadeau d'adieu, vous devez répondre à cette devinette.»

Une devinette? Quelle devinette? Monsieur Martin a poursuivi sa lecture :

— «Pourquoi faut-il toujours partir en camping avec un arbre généalogique?»

— Pas le droit d'ouvrir le cadeau tant que vous n'aurez pas trouvé la solution, a dit Lulu.

Elle a pris le cadeau et l'a caché derrière mon pupitre. J'ai senti ma bouche s'ouvrir toute grande.

— Il faut vraiment que je devine? a fait monsieur Martin en regardant l'horloge. Oh là là! Nous n'avons presque plus de temps!

— Vous allez trouver! a crié Jérémie de sa voix de sangsue.

— Oui, vous allez trouver! ont répété tous les autres.

— Je parie qu'il ne trouvera jamais, m'a soufflé Lulu.

S'il ne trouvait pas avant onze heures trente, il devrait attendre que nous soyions revenus de la visite dans la nouvelle classe. Mon père aurait le temps d'arriver. J'ai repris espoir, j'ai trouvé une micro-miette d'espoir quelque part en moi-même.

— Pourquoi faut-il...

Monsieur Martin a regardé le plafond, puis le plancher.

— Pourquoi... un arbre généalogique?

Quelqu'un a murmuré quelque chose.

— Pas d'indices! a crié Lulu, sur un ton militaire.

Je retenais mon souffle.

— J'ai trouvé! Pour pouvoir camper en famille?

— Nooooon! a crié la classe.

J'ai croisé les doigts.

— Pour pouvoir lire pendant des siècles et des siècles?

— Nooooon!

J'ai croisé les orteils et fermé les yeux.

— Pour allumer le feu?

— Nooooooon!

J'avais l'estomac complètement sens dessus dessous. Monsieur Martin tortillait sa moustache avec acharnement. Il a plissé les yeux.

33

— Pour... parce que...

— MONSIEUR MARTIN? a lancé une voix à l'intercom, par-dessus nos têtes.

Monsieur Martin nous a demandé de nous taire pour entendre le message.

— Voudriez-vous demander à Cyril de venir au bureau, s'il vous plaît? Son père est ici, a poursuivi la voix.

— Merci, a répondu monsieur Martin. Cyril...

J'avais déjà passé la porte, le cadeau dans les bras, avant qu'il ait fini de prononcer mon nom. Lulu n'a pas bronché. J'ai entendu monsieur Martin dire, de loin :

— Pour s'assurer d'avoir de l'ombre?

— Nooooon!

J'avais des ailes aux pieds!

J'ai à peine écouté ce que mon père me racontait à propos du fait que ma mère et moi aurions dû nous entendre. J'ai filé vers la classe. Cyril, le héros! J'allais à la vitesse de la lumière. Je suis entré dans la classe juste à temps pour entendre :

— ... d'avoir au moins une tante?

— Ouiiiiii! a hurlé la classe. Ouvrez-le, monsieur! C'est une tente!

— Mais où est-elle? a crié monsieur Martin par-dessus les voix.

Tout le monde parlait en même temps. Tous les yeux étaient tournés vers Lulu. Lulu s'est tournée vers moi.

— Ici! ai-je crié.

J'ai foncé, le cadeau entre les bras.

Et j'ai glissé sur un biscuit.

— Oups!

J'ai crié et j'ai buté contre un pupitre. Le cadeau m'a échappé et est allé atterrir sur le bureau de monsieur Martin.

— Cyril, tu ne peux pas t'empêcher d'attirer l'attention? a dit Jérémie en tendant le cadeau à monsieur Martin.

— Quel système de livraison! a dit monsieur Martin. Ça va, Cyril?

Je me sentais aussi bien que si j'avais été frappé en plein ventre par un autobus, mais au moins, je n'avais pas besoin d'avaler un bikini imitation léopard. Monsieur Martin a ouvert la boîte et tout le monde s'est mis à applaudir.

— Tu vois, Cyril? Il n'y avait pas de quoi s'inquiéter, m'a dit Lulu.

Je suis rentré de l'école avec Lulu. Je me sentais un peu moche. L'an prochain, madame Laflèche serait notre professeur. Tout le monde l'appelait «la fléchette empoisonnée». Ses sourires étaient menaçants.

Quand j'ai eu retrouvé mon souffle après toute cette histoire de bikini, je me suis dit que mes efforts avaient été totalement inutiles. D'accord, monsieur Martin était vraiment heureux d'avoir reçu la tente en cadeau. Mais il ne m'inviterait sûrement pas à camper. J'avais eu l'air d'un livreur rigolo, au lieu du génie de la rue des Perroquets qui avait trouvé cette brillante idée de cadeau pour son professeur.

Après la dernière cloche, j'avais bien traîné un peu dans la classe pour un dernier «au revoir», mais les autres élèves parlaient à monsieur Martin et lui demandaient son autographe; alors, j'ai laissé Lulu m'emmener.

Maintenant, en traversant le terrain de jeu, toutes mes idées noires fondaient au soleil. La fléchette empoisonnée et l'automne ne réapparaîtraient que dans des millions d'années. Monsieur Martin allait bien découvrir que l'idée de la tente venait de moi. Il le fallait. Ce n'était que juste. J'établirais un nouveau plan avec Lulu. Ou peut-être qu'il y penserait et qu'il me téléphonerait un jour ou l'autre? Sûrement que oui. Du coup, je me suis senti le coeur léger. C'était l'été. Tout pouvait arriver. Tout avait l'air plus beau, plus grand... Soudain, j'ai eu très faim. J'ai sauté par-dessus le support à vélos et j'ai crié aussi fort que j'ai pu. Lulu a ri et a crié aussi :

— Essaie de m'attraper!

J'ai détalé comme un lapin sans que Lulu puisse me rattraper avant les limites du terrain de jeu.

— Et après dîner, lui ai-je dit en haletant, qu'est-ce que tu veux faire?

— En premier? En premier, nous allons découvrir ce que madame Lambriquet a raconté à ton père.

— Aaaah! ai-je grogné.

— Et puis, nous allons établir un plan d'action pour avoir notre tente à nous. Mais d'abord, j'ai une devinette pour toi: qu'est-ce qui est énorme et très difficile à faire et qui nous arrive au moment où on ne s'y attend pas?

— Quoi? ai-je rigolé.

— La faveur que tu me dois pour t'avoir sauvé de l'histoire du bikini!

Aujourd'hui, premier jour des vacances, j'étais prêt à promettre n'importe quelle faveur.

Les oeufs

Mon père était fâché contre moi parce que j'avais confondu les cadeaux, mais ma mère les avait confondus autant que moi. Au bout d'un moment, il a finalement arrêté de se plaindre d'avoir eu à se transformer en livreur. De toute façon, j'avais déjà de nouveaux problèmes, comme cette fois où nous avions tous perdu les pédales avec le tuyau d'arrosage et cette autre, où nous avions fait une bataille de raisins chez Marie-Lise, pendant une session d'espionnage.

C'était encore la faute de Lulu. Elle nous menait tous par le bout du nez et nous faisait faire toutes sortes de trucs saugrenus pour ramasser de l'argent en vue de l'achat de sa tente et pour espionner Jérémie. Jérémie et ceux de sa propre bande, installés dans l'arbre, nous espionnaient de leur côté. C'était pas mal amusant jusqu'à un certain point, mais j'ai vite eu envie de tout laisser tomber. Jamais nous ne réussirions à récolter assez d'argent pour acheter une tente, et j'en avais par-dessus la tête de me faire mener par Lulu. De plus, l'arrivée de la grand-tante Gertrude approchait à grands pas, et Lulu ne faisait toujours rien pour m'aider. Chaque fois que j'y pensais, je me sentais mou comme un vieux caramel.

C'est à ce moment-là, juste à temps d'ailleurs, que j'ai eu mon idée de génie : la lettre anonyme. Tout ce que Lulu faisait pour avoir sa tente me faisait penser continuellement au cadeau de monsieur Martin et surtout, à la façon dont Jérémie avait laissé croire qu'il avait tout organisé, même s'il n'avait jamais donné un sou. Si je laissais savoir à monsieur Martin que l'idée venait de moi, il m'inviterait alors à camper avec lui. Non seulement cela remettrait Jérémie à sa place, mais si j'agissais assez rapidement, je pourrais bien partir en camping avant l'arrivée de la grand-tante Gertrude. Bonne idée, n'est-ce-pas?

J'ai donc décidé d'envoyer une lettre anonyme à monsieur Martin. Je découperais des lettres dans un journal et je les collerais sur une feuille de papier, sans signature. Personne ne peut savoir qui est l'auteur d'une telle lettre, car il est impossible d'en reconnaître l'écriture.

C'est ainsi que le mardi matin de la deuxième semaine de vacances, j'ai pris discrètement une paire de ciseaux, du ruban adhésif et une feuille de papier, et je suis descendu au sous-sol où mes parents empilent les vieux journaux et les vieilles revues. C'était un plan tellement secret que je n'en parlerais même pas à Lulu. Tout le monde resterait bouche bée quand monsieur Martin me téléphonerait!

J'ai tiré mon brouillon de ma poche et je l'ai lissé du plat de la main.

«Chèr monsieu Martin, deviné qui a eu l'idé de la tante? Ces Cyril. Il adort le campigne.

Un ami.

P.S. Jérémie na jamet payer.»

«Parfait», me suis-je dit en me mettant au travail. J'aimais bien travailler tout seul dans le sous-sol. Dehors, il faisait déjà chaud, mais ici, c'était frais et un peu sombre, comme sous la surface de l'eau. Est-ce que monsieur Martin me montrerait à faire de la plongée sous-marine si nous allions camper? Peut-être aurions-nous à terrasser une pieuvre? Assez rêvé! Il fallait que je travaille. J'ai commencé à découper quelques lettres en écoutant d'une oreille ma mère qui parlait au téléphone dans la cuisine. Tant qu'elle serait au téléphone, elle ne viendrait pas voir ce que j'étais en train de faire. En plus, on ne sait jamais quand les parents vont parler de nous...

Il n'était que neuf heures dix, et elle en était déjà à son deuxième appel. Quelqu'un avait téléphoné quelques minutes plus tôt, et maintenant, elle parlait à mon père au bureau. Je l'entendais dire : «Quelqu'un a annulé sa réservation... Non, il faut qu'on prenne une décision tout de suite. Allez, ça va être amusant... Oui, juste quand Gertrude arrive, mais je vais lui en parler tout de suite. Elle aimerait ça... D'accord? Au revoir.»

Qu'est-ce qui pouvait bien concerner la grand-tante Gertrude? J'ai entendu ma mère composer un numéro, et j'ai déposé mes ciseaux. J'avais intérêt à écouter plus attentivement.

— Allô? Tante Gertrude, a dit maman. C'est Rosalie. Comment vas-tu? Justement, tante Gertrude, c'est pour cela que je t'appelle. Vois-tu, il y a...

BANG! BANG! BANG!

J'en ai presque avalé mes chaussettes. Ma mère s'est tue. J'ai entendu son pas au-dessus de ma tête. Et puis des voix...

— Cyril, a-t-elle crié, c'est pour toi!

Quand je suis arrivé dans l'entrée, ma mère venait de reprendre le téléphone. Lulu et Monica étaient à la porte. Ma mère a poursuivi sa conversation, mais avant que je puisse tendre l'oreille, Monica s'était déjà mise à parler.

— Dépêche-toi, Cyril! Il faut que tu viennes avec nous.

— Quoi? Attends! ai-je répondu en essayant d'entendre ce que ma mère disait.

—Oui, oui, Cyril! C'est l'événement de l'été, nous avons besoin de tout le monde. Regarde!

Et pendant que Monica continuait à jacasser, Lulu m'a tiré dehors pour me montrer un énorme camion jaune stationné devant la maison des Trottier. Des déménageurs en sortaient deux grosses boîtes, une carrée et l'autre plus haute.

— Et puis quoi? ai-je dit, agacé.

Je me suis appuyé contre la porte-moustiquaire. À l'intérieur, ma mère riait et disait qu'elle l'espérait bien, mais je n'ai pas pu savoir quoi, car Monica parlait trop fort.

— C'est une cuisinière et un frigo, criait-elle. Une cuisinière et un frigo.

— Quoi? ai-je dit.

— Super! disait ma mère. C'est pour ça que...

— Peut-être un congélateur, mais une cuisinière, ça, c'est sûr.

— Oh! je sais, tante Gertrude, poursuivait ma mère.

— Nous quand on a eu notre cuisinière...

J'avais les oreilles ouvertes au maximum, et si ça continuait, j'aurais des oreilles d'éléphant. Mon cerveau sautait comme une balle de ping-pong. Lulu m'a entraîné dans l'escalier.

— On y va! a-t-elle lancé.

— Hein? Où ça?

— Chercher les boîtes, triple buse! Pour faire une cabane dans ma cour! Jérémie est fichu!

— Il faut que je demande... la... la permission. J'ai... je suis occupé, ai-je bégayé.

— Bon, mais dépêche-toi! Rejoins-nous là-bas.

Lulu et Monica ont filé sur leurs vélos.

Je devais y aller, mais il fallait que j'écoute

d'abord ce que ma mère disait au téléphone. Je suis revenu en trombe dans la maison. Ma mère était toujours au téléphone, mais elle demandait à parler à mon père. Je suis retourné au sous-sol cacher mes affaires et ma lettre anonyme et je suis remonté à la cuisine, l'oreille tendue. Mais il n'y avait plus rien à entendre. Maman attendait toujours la communication. Tant pis pour la révélation que j'attendais. J'ai demandé si je pouvais sortir. Ma mère a dit oui, à condition que je sorte d'abord les ordures.

Lorsque j'ai eu fini, j'ai vu Lulu et Monica, toujours sur leurs vélos, devant l'entrée des Trottier. Les déménageurs montaient l'escalier avec l'une des grosses boîtes.

Le temps que j'arrive, ils étaient entrés dans la maison. Lulu s'est élancée dans l'escalier et elle a frappé à la porte en essayant de voir à l'intérieur de la maison. Madame Trottier est venue ouvrir. C'était une grosse dame aux cheveux blancs qui était toujours gentille, sauf quand on marchait sur sa pelouse. Elle était toute rouge, comme si elle était très pressée. J'entendais les grognements des déménageurs qui déplaçaient des choses dans la cuisine. Le téléphone sonnait en même temps. Lulu a demandé poliment si elle pouvait avoir les boîtes, mais on sentait qu'elle était très excitée.

— Bien sûr, Lulu, bien sûr. Tu peux les prendre, a dit madame Trottier.

Elle parlait en regardant par-dessus son épaule.

On aurait dit qu'il y avait un bulldozer dans sa cuisine. Monsieur Trottier criait dans le téléphone : «Ouais, ouais, bien sûr.»

— Reviens dans une heure, ma chérie, a dit madame Trottier.

— D'accord, madame. Et merci beaucoup, a dit Lulu, toujours aussi poliment, avec un tel sourire qu'on aurait dit que ses dents allaient craquer.

— Et maintenant, nous a dit Lulu en descendant l'escalier, on réunit tout le monde et on se rencontre chez moi.

Cinquante-neuf minutes et demie plus tard, nous nous dirigions tous vers la rue des Perroquets. Jules et Karina avaient une petite voiture, et les autres avaient laissé leurs vélos chez moi, pour pouvoir donner un coup de main plus aisément. Même moi, je commençais à être excité. Lulu parlait de sa cabane avec tant d'enthousiasme qu'il était difficile de ne pas courir chercher les boîtes.

Le camion était parti et les boîtes avaient été déposées au bout de l'allée des Trottier. Elles étaient extraordinaires, énormes, faites de carton épais et de bois, avec des mots imprimés partout. Elles étaient assez grandes pour abriter toute notre petite bande.

— Regardez bien. Celle-ci va nous servir de tour de guet, a dit Georges.

— Non, de tunnel! a crié Monica. Et l'autre, ce sera la pièce principale.

— On va faire des fenêtres.

— Et un drapeau.

— On va creuser un passage secret qui va mener jusqu'à une entrée secrète.

— Et on va installer une pancarte «Défense d'entrer»... et on va avoir un mot de passe.

— Oh oui!

— Super!

— Plus que super!

Le père de Jules pouvait nous prêter de la peinture. Karina allait emprunter des clous et un marteau. J'avais un drapeau. Lulu disait que c'était encore mieux que sa maison dans l'arbre, car on pouvait modifier la disposition des boîtes à notre guise, n'importe quand. Nos cerveaux bouillonnaient.

— Oh, oh! a soudain fait Georges. Qu'est-ce qu'ils veulent, ceux-là?

Nous nous sommes retournés. Jérémie, Félix, Beaudry et leur bande remontaient la rue. Ils nous observaient.

— Et puis? a dit Lulu en s'approchant de la boîte la plus haute.

— NE TOUCHEZ PAS À CES BOÎTES! a crié Jérémie en se ruant sur nous avec les autres. Ce sont MES boîtes! haletait-il.

Il avait une voix ridicule quand il était essoufflé.

— Va au diable, Jérémie! a dit Lulu. Madame Trottier me les a déjà données.

— Ah oui? Moi, j'ai téléphoné il y a une heure et

monsieur Trottier m'a dit que JE pouvais les prendre.

Monica s'est tournée vers moi. Nous avions bien entendu monsieur Trottier crier dans le récepteur. Lulu a jeté un regard à Jérémie.

— On va en avoir le coeur net! lui a-t-elle lancé.

— Et comment! a dit Jérémie en haussant les épaules, sûr de son coup.

Les autres attendaient dans l'allée pendant que Lulu et Jérémie montaient l'escalier.

Les Trottier étaient très mal à l'aise.

— Prenez-en chacun une, a dit monsieur Trottier avec un sourire. Comme ça, tout le monde sera heureux. D'accord? Au revoir, les enfants!

Mais personne n'était heureux. Les boîtes n'étaient pas de la même grosseur et pour faire quelque chose de vraiment bien, il nous fallait les deux.

— Je pense qu'il va falloir régler ça par les armes! a dit Lulu.

Toutes les têtes se sont tournées vers elle. Une bataille?

— Un duel! Un duel pour régler la question, a ajouté Lulu.

— Avec quoi? À l'épée? a demandé Jérémie, l'air hautain.

— Non, tu n'as qu'à taper sur elle un peu fort, a dit Beaudry.

— Essaie toujours, Beaudry, a dit Lulu en s'avançant vers lui.

Beaudry a tiré la langue, mais il a reculé. Lulu était plus grande que lui.

— Non, pas de bataille! Rien que des oeufs, a-t-elle ajouté.

— Des oeufs? ont crié les autres.

— Une bataille d'oeufs? a prudemment demandé Jérémie. Comme à la journée des concours d'adresse?

— Comme à la journée des concours d'adresse, a dit Lulu.

Je venais de comprendre. Mais j'aurais plutôt souhaité n'avoir rien compris. Rien que l'idée de lancer des oeufs me rendait malade. Le jeu se déroule de la façon suivante : les deux concurrents de chaque équipe se lancent tour à tour un oeuf jusqu'à ce que l'oeuf casse; chaque fois qu'un concurrent attrape l'oeuf sans le casser, on recule d'un pas pour que le tir soit plus long. Aux concours d'adresse, j'étais avec Karina et nous avions joué contre Lulu et Jérémie. C'est la seule fois de leur vie qu'ils ont d'ailleurs fait partie de la même équipe, et ce n'est pas parce qu'ils le voulaient. Ils avaient été choisis par un chef d'équipe. Ils avaient passé la journée à s'agacer, mais ils avaient quand même tout nettoyé à la fin. Moi, tout ce que j'avais eu à nettoyer, c'était moi-même, parce que Karina avait lancé son oeuf un peu trop fort et un peu trop haut. Je sentais encore l'affreuse impression de l'oeuf qui se cassait entre mes doigts, coulait sur ma tête et dans mon cou. J'avais les mains pleines de morceaux de coquille. Un shampooing aux oeufs... Dégoûtant!

Lulu souriait.

— Le gagnant remporte les deux boîtes. Beaudry et toi contre moi et... Cyril, a-t-elle lancé en relevant la tête.

— Quoi? ai-je aussitôt hurlé.

— Aussitôt après le dîner.

— Pourquoi pas tout de suite? a demandé Jules.

— Toi, tais-toi! ai-je crié.

Jérémie n'avait pas parlé depuis un moment.

— D'accord, mais le duel va avoir lieu dans ma cour, a-t-il dit avec un sourire de vampire. Et que personne ne touche aux boîtes avant la fin du duel!

— Pas de problème! a répondu Lulu.

Elle nous a ramenés vers mon garage, comme une armée. Tout le monde criait des folies, demandant qui allait être l'oeuf brouillé ou celui à la coque. Moi, je me sentais déjà l'omelette.

Nous nous sommes assis devant le garage en gardant un oeil sur Jérémie et sur les boîtes. Évidemment, Monica, le moulin à paroles, n'arrêtait pas de parler, de raconter que les sandwiches aux oeufs étaient ses préférés, qu'un jour son père avait échappé la douzaine d'oeufs sur le plancher et que le chien avait tout avalé d'un coup. J'aurais voulu me cacher la tête dans le sac de la tondeuse à gazon pour ne plus l'entendre. Lulu ne disait rien, perdue dans un rêve.

— Il faudrait qu'on s'exerce un peu, non? a dit Jules au bout d'un moment.

— Pas besoin, a répondu Lulu avec un sourire plein de secrets. J'ai un plan.

— Lequel? ai-je presque crié.

— De quoi parlait Monica? a dit Lulu en ouvrant de grands yeux.

— De sandwiches aux oeufs, avons-nous tous répondu.

— Et quel sort fait-on subir aux oeufs avant d'en faire des sandwiches?

Je m'en moquais bien; j'ai horreur des sandwiches aux oeufs.

— On les fait cuire, a dit Georges.

— Voilà, a dit Lulu. Et de quoi ont l'air les oeufs durs avant qu'on ne leur enlève la coquille?

— Compris! avons-nous crié en choeur.

— On va se battre avec des oeufs durs et ils ne casseront pas! a crié Karina.

Lulu avait toujours le même sourire et elle secouait la tête.

— Mieux que ça! Déjà au concours d'adresse tout le monde parlait de ça, vous vous rappelez? Jérémie, lui, va apporter un oeuf dur. Il n'est pas complètement idiot. Alors, nous, nous allons apporter un oeuf cru.

— Et tu vas dire que tu veux échanger les oeufs, pour que ce soit juste? a dit Monica avec un grand sourire.

— Exactement, a dit Lulu, un peu embêtée que

49

Monica ait compris si vite. Comme ça, nous aurons l'oeuf dur. Ils seront bien pris, les tricheurs!

— Super!

Tout le monde applaudissait et brandissait le poing. Jules a fait une sorte de petite danse comme s'il venait de compter un but. J'ai inspiré profondément en espérant que le plan fonctionnerait. Parfois, les plans de Lulu ne marchaient pas exactement de la façon prévue. Elle allait avoir une dette envers moi, si celui-là échouait.

Quand nous sommes tous partis dîner, j'ai dit à Lulu :

— Si je t'aide pour ce plan-là, tu me devras un coup de main, n'est-ce pas?

— Cyriiiiil! Ça ne va pas? Qui me doit une faveur pour l'avoir sauvé du coup du bikini-pour-monsieur Martin, hein? C'est toi qui as une dette envers moi!

Lulu a mis les mains sur ses hanches.

— Tu sais, je ne fais pas ça seulement pour moi, mais pour toi aussi, a-t-elle murmuré. Si nous obtenons la cabane grâce à tes efforts, peut-être que tu pourras y habiter pendant la visite de ta grand-tante Gertrude...

Je n'avais jamais pensé à ça, mais l'idée était très bonne. Si monsieur Martin ne pouvait m'emmener en camping que quelques jours, je passerais le reste du temps dans la cabane et j'échapperais à la grand-tante Gertrude. Comme ce serait pratique!

— Mais seulement si tu m'aides à réaliser ce plan

complètement infaillible et absolument inoffensif de bataille aux oeufs durs..., a ajouté Lulu comme si elle lisait dans mes pensées. Je vais qualifier cela de «faveur» et tu ne me devras plus rien. D'accord, cher associé?

— Eh bien... d'accord.

Le plan était facile : attraper un oeuf dur! J'ai rayé de ma tête le souvenir du shampooing aux oeufs. Tout allait bien aller.

— Parfait, s'est écriée Lulu. Tu n'as qu'à faire tout ce que je dis et ce sera fantastique. Je te vois après dîner, a-t-elle ajouté en courant vers chez elle.

J'ai avalé mes sandwiches le plus vite possible et j'ai apporté mon orange dans le sous-sol pour pouvoir continuer à travailler sur ma lettre anonyme. J'ai eu le temps d'écrire : «cHèr mOnsiEU maRTIn, dEviNé quI À eu L'IDé» avant de sortir rejoindre les autres.

Jules est arrivé le premier, sautant par-dessus les sacs verts et les poubelles tout le long de la rue. Lulu est arrivée la dernière, un oeuf à la main.

— Heureusement que c'est le jour des ordures, a-t-elle dit. C'est un oeuf pourri.

Le ciel s'était obscurci depuis l'heure du dîner, et la rue des Perroquets semblait lugubre. Il faisait tellement chaud qu'on pouvait voir de petites bulles de goudron se former sur la chaussée. Elles collaient à la semelle de mes souliers de course, et j'avais l'impression d'avoir la plante des pieds collante. Personne n'ouvrait la bouche. Nous avions l'air de cow-boys, descendant la rue des Perroquets, prêts pour l'épreuve. Peut-être allait-il pleuvoir avant le duel?

Nous avons remonté l'allée de Jérémie jusque derrière le garage et derrière la haie. Les choses avaient bien changé dans l'ancienne cour de Lulu. Maintenant, il y avait de faux champignons à pois blancs ici et là sur la pelouse, des lutins, un faux cerf avec un pot à fleur sur le dos. C'était plutôt étonnant. Jérémie et sa bande étaient assis au pied de l'arbre, comme des lutins eux aussi. Au-dessus de leurs têtes, la vieille cabane de Lulu. J'avais bien dû monter là-haut un million de fois avant que Lulu déménage.

Nous nous sommes avancés au centre de la cour, Jérémie, Beaudry, Lulu et moi en plein milieu de la petite foule.

— Prêts? a lancé Jérémie.

— Évidemment! a répondu Lulu.

Elle a lentement levé l'oeuf qu'elle avait dans la main. Quelqu'un s'est mis à rire. Jérémie a sorti un oeuf de sa poche très délicatement, beaucoup trop délicatement. Je me suis dit qu'il faisait semblant et je me suis senti mieux.

— On fait l'échange? ont-ils dit en même temps.

Tout le monde a ouvert de grands yeux.

— On fait l'échange? a répété Jérémie.

— Tu veux vraiment? a dit Lulu.

Je n'avais rien à dire. Lulu et Jérémie s'étaient

sous-estimés. Maintenant, tout était juste et équitable. Avec des oeufs pourris. J'ai avalé ma salive. J'ai voulu reculer, mais j'ai buté contre quelqu'un. Je ne pouvais plus éviter le combat.

— Bon. On y va, a grogné Jérémie.

Nous nous sommes mis en place, Lulu en face de moi, Beaudry face à Jérémie.

— On lance en même temps, n'oubliez pas! a ordonné Lulu. Et chacun recule d'un pas à chaque tir réussi.

— Oui, oui, a fait Beaudry d'un ton plaintif.

Au loin, on entendait un roulement; le tonnerre peut-être? J'ai pris une grande respiration.

— Prêt! a dit Lulu. Feu!

Ce fut facile pendant les premières cinq secondes. Ensuite, on avait plutôt l'impression de marcher sur une corde raide en patins. Des lancers légers, lents et délicats... Chacun retenait son souffle quand l'oeuf revenait vers lui en accélérant avant de tomber, plop! tout lisse dans la main. À chaque coup, des applaudissements! Il fallait prendre le temps de respirer en faisant un petit pas vers l'arrière, sans se faire attraper. Puis, un moment de répit avant le prochain tir. Et les grondements au loin de plus en plus forts chaque fois...

De plus en plus loin l'un de l'autre, nous nous écartions jusqu'à ce que plus personne n'ose respirer. La sueur me brûlait les yeux. J'avais les mains moites.

— Pas si fort! ai-je crié à Lulu après un lancer plutôt dificile.

— Pas de ma faute! a-t-elle répliqué.

La même chose se passait dans le camp adverse. D'une minute à l'autre, un des deux oeufs allait éclater.

Beaudry et moi avons lancé en même temps vers Jérémie et Lulu. Nous avons encore reculé d'un pas. J'ai regardé Lulu, en essuyant mes mains sur mon short. Il faisait de plus en plus sombre. Le grondement s'approchait, plus fort, avec des éclairs et des claquements secs. J'étais prêt, Beaudry aussi. Les deux autres étaient si loin qu'ils semblaient vouloir tirer à un pâté de maisons de là. Lulu a serré les lèvres. Jérémie se mordait la langue. Ils ont lancé! Les oeufs arrivaient, vers le haut d'abord, puis directement vers le bas et vite. Nos pieds changeaient de position. Genoux pliés, mains ouvertes, prêts à recevoir notre oeuf, dans une seconde... et BARADADADOUM! Un terrible vacarme a retenti dans la rue. Un son creux a résonné bruyamment sur la chaussée et au même moment, les oeufs pourris ont éclaté, un sur Beaudry, l'autre sur moi.

Une incroyable puanteur a envahi la cour. Tout le monde s'est mis à crier en même temps. Sauf moi : je ne voulais pas avoir d'oeuf dans la bouche. Beaudry était à quatre pattes et criait : «Dégoûtant!» en essayant de s'essuyer avec son bras et de se nettoyer les mains dans le gazon. Je restais là sans bouger, dégoulinant.

— Égalité!

— Non, c'est sur Cyril que l'oeuf a cassé en premier!

— Non, sur Beaudry! Sur Beaudry!

Le grondement ne cessait pas, mais s'éloignait. Était-ce le tonnerre? Il n'y avait pas une goutte de pluie. Et tout à coup, ce fut comme si un charme était rompu.

— Oh, mon Dieu! a crié Monica. Le camion...

Le camion d'ordures venait de tourner le coin quand nous sommes arrivés dans la rue. À part une voiture et quelques boîtes de conserves, la rue des Perroquets était vide. Les boîtes de carton n'étaient plus là.

— Oh nooooooon! a crié Beaudry.

Tout le monde était furieux. Jérémie et Lulu avaient l'air d'avoir coulé un examen.

Nous sommes retournés dans la cour en rouspétant et en ronchonnant. Beaudry s'est assis sur l'un des champignons à pois, qu'il a fait tomber.

— Attention! a dit Jérémie en donnant un coup de pied, raté, à l'un des lutins.

— Qu'est-ce qu'on fait, maintenant? a demandé quelqu'un.

— Ah! Si tu savais comme je m'en moque! a dit Félix. Je pars en camping après-demain, de toute façon.

— Moi aussi, a dit Monica.

Jérémie a ajouté qu'il allait d'abord à son chalet, puis en camping ensuite, et donc, qu'il s'en moquait lui aussi.

— On va faire de la planche à roulettes dans la cour de l'école? a demandé Jules.

— Oui!

Jules est parti avec Beaudry et Georges. Marie-Lise et Karina sont allées sauter dans le jet du tuyau d'arrosage, chez Marie-Lise. Monica et Félix ont décidé d'aller dans les magasins. J'ai remonté la rue des Perroquets avec Lulu. Ciel, que je sentais mauvais! J'ai poussé un soupir en essuyant ma joue contre ma chemise. Mes mains étaient toutes craquelées à cause de l'oeuf séché. Je les ai mises dans mes poches pour les nettoyer un peu et j'ai regardé Lulu qui marchait en traînant les pieds.

— Au moins, Jérémie va disparaître pour un bout de temps, lui ai-je dit.

Lulu n'a rien répondu.

Une goutte de pluie m'est tombée sur la tête juste comme j'arrivais devant chez moi.

— Salut! a fait Lulu dans un soupir.

Elle a pris le plus long chemin, même s'il pleuvait.

À l'heure du souper, le temps s'était dégagé. J'ai dit à ma mère que nous avions eu un problème d'oeufs en faisant la cuisine et elle m'a traîné sous la douche. Ensuite, j'ai travaillé encore un peu à ma lettre anonyme jusqu'à ce que je n'aie plus de ruban adhésif. Puisque nous n'avions plus de cabane, la lettre devenait super importante. La grand-tante Gertrude allait arriver d'un jour à l'autre. Et comme le plan de Lulu était tombé à l'eau, j'étais encore plus nerveux qu'avant.

Donc quand ma mère m'a dit pendant le souper qu'elle avait une bonne nouvelle à m'annoncer, j'étais prêt.

— Cyril, nous avons loué un chalet pour les deux prochaines semaines. C'est tout près, au bord d'un lac.

— Ouaou! ai-je crié en laissant presque échapper ma bouchée de côtelette. J'ai fermé la bouche en marmonnant : «Che m'echxcuge», et j'ai mastiqué comme un fou.

— C'est la mère de Jérémie qui nous loue le chalet. Elle en avait parlé à ton père, il y a bien longtemps.

— La vente forcée classique! a fait mon père. Elle a tout fait pour m'avoir!

— Oh! Denis, pour l'amour du ciel! Elle n'a rien fait d'autre que te donner sa carte, et tu n'y as même pas repensé.

— Elle a couru après moi, elle a...

— Denis, elle a tout simplement téléphoné ce matin pour nous dire qu'un de ses chalets était libre. Ne sois pas injuste. Nous avons eu de la chance.

Mon cerveau bondissait à l'intérieur de mon

crâne. C'est donc pour cela que la mère de Jérémie voulait parler à mon père!

— Je pensais qu'elle voulait te vendre un terrain marécageux, ai-je dit tout haut.

— Le chalet est peut-être au milieu d'un marécage, Cyril... a répondu mon père.

Ma mère a ri en secouant la tête.

— Ça ne peut pas être aussi terrible, a-t-elle dit. C'est moins compliqué que le camping. Même pour un enfant de la ville, a-t-elle ajouté en me faisant un clin d'oeil.

— Et puis? a fait mon père. Je n'aime pas tellement les chalets, non plus.

— Mais tu a promis que tu vas t'amuser, n'est-ce pas? a poursuivi ma mère.

— Je pense que je vais apporter un peu de travail pour le journal.

— Tu vas t'amuser? a répété ma mère.

— Je vais m'amuser. Je n'ai qu'à m'imaginer que je suis monsieur Martin.

Cela m'a coupé le souffle. Est-ce que j'avais tant parlé de monsieur Martin? L'idée du chalet m'excitait tellement que je ne pensais plus trop à lui. Puis, je me suis souvenu.

— Et la grand-tante Gertrude?

— Oh! Elle vient avec nous. Elle était si heureuse au téléphone, ce matin. Comme dans le bon vieux temps, disait-elle, merveilleux! Merveilleux!

— Ah...

Cela ne me semblait plus merveilleux du tout.

— Mais comme j'ai une invitée, tu peux inviter quelqu'un toi aussi, Cyril, a dit ma mère. Tu peux inviter Lulu, si tu veux, mais après souper, seulement.

Je sautais de joie.

— Et moi? Est-ce que je peux inviter quelqu'un? a dit mon père en faisant semblant de pleurer.

— Non, mon pauvre. Pas cette fois.

Ma mère lui parlait comme s'il était un bébé. «Tu auras bien assez de ta grosse famille à nourrir.»

Mon père avait l'air complètement abattu. Puis il s'est redressé.

— Du pain sec et de l'eau tous les soirs, alors, a-t-il dit en faisant remuer ses sourcils.

Tout de suite après souper, j'ai téléphoné à Lulu.

— Tu te rappelles ce que tu voulais savoir à propos de mon père? Le génie de la rue des Perroquets a trouvé la réponse!

Elle a presque sauté au plafond quand je lui ai annoncé la nouvelle. Ses parents ont accepté tout de suite et Lulu est arrivée à la maison en vélo. Nous avons fait des tours à toute vitesse dans le quartier. Nous aurions voulu crier au monde entier ce qui nous arrivait, mais la seule personne que nous avons rencontrée, ce fut Jérémie. Il jouait avec une vieille balle de tennis contre la porte de son garage. Nous nous sommes arrêtés devant chez lui en criant : «Ha, ha! Jérémie! Nous partons nous aussi!»

— Et puis quoi? Ma mère me l'a déjà dit. De toute

façon, c'est un vieux chalet que vous avez! Le nôtre est bien plus beau. Et vous n'êtes pas les seuls à louer un chalet dans ce coin-là, a-t-il dit le nez en l'air et les narines dilatées.

— Comment le sais-tu que c'est un vieux chalet? C'est loin d'ici!

Il a eu son sourire de vampire, et j'en ai eu des frissons dans le dos.

— Parce que mon chalet est à trois portes du vôtre, voilà.

Je me sentais aussi moche qu'après avoir attrapé l'oeuf pourri. J'ai grimacé tellement fort que le menton me remontait presque jusqu'au nez.

Jérémie a lancé sa balle. Elle a rebondi sur la porte.

— Je vais être au chalet, alors n'oubliez pas que je suis chez moi, là-bas. *Pof!* C'est moi qui organise les trucs, là-bas. *Pof!* Et si vous ne m'embêtez pas trop, je pourrai peut-être vous montrer des choses intéressantes. *Pof!* Peut-être... *Pof!*

Il parlait sans nous regarder. Comme ça, il n'a pas pu voir l'horrible grimace que je venais de lui faire.

Lulu a enfourché son vélo.

— Ne t'inquiète pas, m'a-t-elle dit pendant que nous roulions vers la maison. Je vais bien trouver une idée.

Moi, j'avais mon idée bien en tête. La grand-tante Gertrude au chalet et Jérémie à trois portes de là, c'était trop. Je devais terminer ma lettre anonyme en vitesse avant qu'il ne soit trop tard.

Plongée sous-marine

Quand la voiture s'est enfin arrêtée, la grand-tante Gertrude a été la première sortie. Elle a respiré profondément, étiré les bras et sautillé sur la pointe des pieds.

— Venez, les enfants! Vous avez été assis trop longtemps! a-t-elle crié de sa voix sèche et râpeuse.

Les rayures vives de sa chemise sautaient allègrement, et ses lobes d'oreilles suivaient le rythme. Elle avait vraiment les plus longs lobes d'oreilles du monde, pas jusqu'aux épaules tout de même, mais très longs. Lorsque Lulu les avait remarqués, elle s'était mise à chanter à voix basse:

«Rock et Belles oreilles, c'est une émission,
Rock et Belles oreilles, de télévision...»

J'avais failli cracher ma gorgée d'orangeade jusqu'au bout de la rue des Perroquets. La grand-tante Gertrude n'avait rien remarqué; comme toujours, elle était trop occupée à parler.

Peut-être est-ce pour cela qu'elle avait la voix si rauque?

Pour le moment, je fermais les yeux pour ne pas voir ses lobes d'oreilles se balancer. Cela me donnait mal au cœur, comme en voiture.

Lulu a réussi à s'extirper de l'auto. Tout le long du voyage, j'avais été coincé sur le siège arrière entre elle et ma mère.

— Viens, ma Lulu, a coassé tante Gertrude. La dernière rendue est une poule mouillée!

— Rendue où? a demandé Lulu.

— Au lac, ma chérie, au lac! N'aie pas peur de mettre du sable dans tes souliers.

Je suis sorti de la voiture pendant qu'elles couraient toutes les deux, passé les arbres, vers la pelouse devant le chalet. Derrière on voyait du bleu. Le lac? J'ai pris une grande respiration et j'ai pris ma course pour les rattraper.

Je ne m'entendais pas encore très bien avec tante Gertrude. La veille au soir, j'avais essayé d'«oublier» mes courgettes, et elle m'avait vu. Je me suis fait dire que j'avais besoin de chair sur les os, d'arrêter de marmonner, de parler clairement et de faire de l'exercice après souper au lieu de lire. Elle faisait la patronne. C'était pire que si j'avais eu Lulu comme grand-mère.

Je ne veux pas dire que tante Gertrude avait l'air d'une grand-mère, même si elle avait l'âge de l'être. Elle avait l'air passablement vieille, mais pas comme une vieille petite dame, et surtout pas vêtue comme je l'aurais cru. Elle avait des cheveux blonds frisés; elle était bronzée, portait des shorts et des chemises à manches courtes, une montre de plongée et des lunettes de soleil. Elle était petite, pour une personne adulte; petite et rondelette. Elle marchait vite, et elle pouvait vous lancer un de ses regards «Rayon-X» qui vous faisait fondre de l'intérieur. J'avais la certitude qu'elle était capable de me battre au tir au poignet. Et on ne savait jamais ce qu'elle allait faire. J'étais bien heureux d'avoir apporté ma lettre anonyme pour monsieur Martin. J'étais prêt à essayer la vie de chalet un bout de temps, mais si les choses se gâtaient, je terminerais ma lettre à toute allure et je la mettrais à la poste; ainsi, monsieur Martin viendrait me chercher pour aller camper.

J'ai filé entre les arbres, devant le chalet, jusqu'à la plage au bord du lac. Le spectacle était magnifique : j'en ai oublié tante Gertrude un court instant. Une légère brise soufflait, faisant flotter les odeurs de lac. C'était bleu à perte de vue, un bleu sur lequel se reflétait le soleil en milliers de petites touches. J'en avais mal aux yeux. Là où l'eau virait au mauve, on voyait des voiliers, si petits qu'on aurait dit des jouets. Je plissais les yeux si fort que j'ai failli ne pas voir où se terminait la pelouse. Il y avait une falaise qui tombait droit jusqu'à la plage.

— L'escalier, Cyril! Prends l'escalier!

Tante Gertrude et Lulu étaient sur la plage,

m'indiquant de la main quelque chose sur ma gauche. J'ai suivi le bord de la falaise et, près des arbres, j'ai découvert de vieilles marches de bois avec une rampe en tuyau rouillé. Une seconde plus tard, j'étais au bord de l'eau. J'ai vite enlevé mes souliers et mes chaussettes. Lulu et tante Gertrude pataugeaient déjà dans l'eau.

— Elle est froide? ai-demandé en tripotant mon lacet de soulier.

— Elle est parfaite, a dit Lulu, mais le fond est rocailleux.

— Pas ici, a crié tante Gertrude d'un peu plus loin. Après, c'est du sable.

J'ai risqué un pied. L'eau glissait entre mes orteils et clapotait autour de mes chevilles. Oui, elle était parfaite. Les pierres du fond étaient glissantes; cela avait quelque chose de mystérieux. Au bord, l'eau était très claire. Plus loin, où c'était plus profond, elle devenait vert sombre.

— Ça va! ai-je fait dans un souffle.

— Tu as raison, m'a lancé tante Gertrude. On va se baigner. Mais avant, il faut décharger la voiture. Dépêchez-vous, lambins, ou les autres vont croire que nous nous sommes noyés.

Elle s'est dirigée vers l'escalier d'un pas énergique.

J'ai repris mes chaussures. J'étais encore le dernier. Quand j'ai rejoint Lulu, elle souriait.

— Ta grand-tante Gertrude est vraiment gentille. Elle est drôle.

— Peut-être.

J'allais poursuivre en disant : «Elle n'est pas toujours sur ton dos, à toi», quand Lulu m'a donné un coup de coude.

— Oh, oh! a-t-elle murmuré. Voilà l'ennemi!

À trois maisons de là, debout sur la pelouse, se tenait Jérémie. Chez lui, la pelouse descendait directement à la plage. C'est à ce moment même qu'il s'est passé quelque chose d'étonnant : Lulu lui a fait un signe de la main pour lui dire bonjour. Jérémie a levé la main tellement lentement qu'on aurait cru qu'elle pesait trois cents kilos. Quand sa main a atteint sa taille il l'a laissée retomber. C'était sa façon de répondre au signe de Lulu.

J'ai bondi vers Lulu.

— Pourquoi lui dis-tu bonjour?

— C'est mon nouveau plan, a-t-elle répondu, toujours à voix basse. Jérémie a dit que si nous étions gentils avec lui, il nous montrerait plein de trucs, tu te souviens? Eh bien, nous allons être très gentils avec cet affreux crapaud jusqu'à ce qu'il me montre quelque chose que je pourrai troquer contre ma cabane.

— Qu'est-ce que tu dis? ai-je répliqué en plissant la figure.

Lulu rêvait en couleurs. Jamais Jérémie n'abandonnerait la maison dans l'arbre.

— C'est ridicule, ai-je poursuivi. Moi, je ne serai pas gentil avec lui.

— Cyriiiiiiil! a dit Lulu. Ce sera facile.

Sa voix n'était pas très convaincante. J'ai repensé à ma lettre anonyme. Mais avant que j'aie eu le temps de répliquer, nous remontions l'escalier. Il était temps d'aller s'occuper du chalet.

Malgré tout ce que Jérémie avait pu dire, ce n'était pas un taudis, mais un chalet en bois vert et blanc, avec une véranda. La porte était ouverte et mon père transportait les bagages de la voiture au chalet. Je suis vite entré. L'intérieur était aussi en bois, mais en bois naturel. On pouvait voir jusqu'au toit; les planchers craquaient sous mes pas. Il y faisait très chaud, car on n'avait pas ouvert depuis longtemps. Le soleil passait à travers les rideaux jaunes et dorait tout l'intérieur. Il y régnait une odeur de forêt chaude, de poussière, de fumée, de vieilles revues et d'un million d'autres choses que je ne pouvais pas encore identifier. Tante Gertrude a tiré les rideaux, ouvert les fenêtres et l'odeur du lac a pénétré dans le chalet.

Dans le salon, il y avait une cheminée de pierre, de gros fauteuils joufflus et un divan sur lequel je me suis empressé de sauter pour le tester.

À l'arrière, il y avait une minuscule cuisine. Ma mère fouillait dans les armoires et vidait les caisses de nourriture. À côté de la cuisine, une salle de bain encore plus minuscule. Mon père y a jeté un coup d'oeil.

— C'est toujours mieux qu'une toilette extérieure... a-t-il dit.

Je l'ai entendu soupirer, mais nous sommes

aussitôt allés voir les chambres. Il y en avait trois, l'une à côté de l'autre.

Dans celle du devant, il y avait un grand lit, tandis que dans les deux autres, il y avait des lits à deux étages. Tante Gertrude a déclaré que mes parents prendraient la chambre du devant, moi celle du milieu et Lulu celle du fond.

— Et vous, vous allez coucher où? lui a demandé Lulu.

— Sur la véranda, au frais. Tu n'as pas vu le divan à l'autre bout? C'est pour moi, hé,hé, hé! Et maintenant, allez ranger vos sacs. Vite!

Je suis allé dans ma chambre et j'ai laissé tomber mon sac à dos sur le lit du bas.

— Pssst! Cyril!

Je me suis retourné. Lulu me parlait tout bas, mais d'où?

— Monte au deuxième!

Je suis monté sur le lit du haut. Par une fente entre les planches du mur, je pouvais parfaitement entendre la voix de Lulu. Nous pourrions parler et faire des plans, même une fois couchés. C'était parfait.

— Grouillez-vous un peu, les ostrogoths! a crié tante Gertrude. Il y a du travail à faire.

Lorsque tous les bagages ont été rangés, il était temps de dîner. Tante Gertrude et maman avaient préparé des sandwiches; nous nous sommes installés à la grande table verte, sur la véranda.

— Est-ce qu'on va tout le temps manger ici? ai-je demandé.

— Oui, à moins qu'on utilise la table de pique-nique, a dit ma mère. La cuisine est trop petite. Et de toute façon, ton père va faire des grillades à chaque repas. N'est-ce pas, mon chéri? a-t-elle ajouté en regardant mon père.

— Sans aucun doute, a-t-il dit, dans la mesure où vous allez chasser ou pêcher le repas.

J'ai ouvert de grands yeux. Est-ce qu'il blaguait?

— Après dîner, certains d'entre nous devront partir en expédition et chasser au supermarché, a répondu ma mère.

Je me sentais mieux. Pendant une fraction de seconde, j'avais imaginé la grand-tante Gertrude terrassant un orignal, et me demandant ensuite d'en terrasser un à mon tour.

Ensuite, nous avons eu droit aux «Lois du lac». J'avais l'impression de me retrouver en maternelle.

— Bon, a fait tante Gertrude de sa voix rauque. Tu te souviens des «Lois du lac», Rosalie? Bien. C'est toi qui les énonces.

— Numéro un, a enchaîné maman, ne jamais se baigner tout seul. Numéro deux, ne jamais aller à l'eau sans permission. Numéro trois, ne jamais sortir en bateau sans gilet de sauvetage.

— Parfaitement vrai! a dit tante Gertrude. Numéro quatre, toujours dire où l'on va.

Elle nous a lancé un de ces regards noirs

par-dessus ses lunettes de soleil, et ma mère a poursuivi.

— Numéro cinq, pas de sable dans la maison. Numéro six... , a-t-elle dit en regardant tante Gertrude qui a pris la relève.

— ... les serviettes de plage et les maillots de bain sèchent dehors. La corde à linge est derrière le chalet. Servez-vous-en!

Ma mère a approuvé d'un signe de tête. Elles étaient assises toutes les deux avec le même air que prend Lulu quand elle veut montrer à quel point elle est géniale, et moi ridicule.

— Numéro sept, a dit mon père, Denis va passer son temps sur la plage plutôt que dans la cuisine.

Nous avons tous grommelé et tante Gertrude a grogné :

— Sur la plage? Un garçon de ville comme toi? On va te faire marcher en forêt, on va te faire nager...

— Nager, non. Faire la planche, ça, ce serait plutôt mon genre. Maintenant, nous allons énoncer les «Lois des faiseurs de planche»...

Cela nous a fait rire, Lulu et moi.

— Ne l'écoutez pas, vous deux, a dit ma mère. Je suis très sérieuse. Il n'est pas question de se perdre, de se noyer ou de faire la grève à la cuisine. Rappelez-vous bien tout ce qui a été dit.

Elle nous a répété les fameuses «Lois du lac» encore une fois.

— Et j'ajoute ceci, a-t-elle souligné, je veux que vous invitiez Jérémie à jouer avec vous.

— Quoi? ai-je crié.

— Tu as très bien compris, a dit ma mère. Son frère est à un camp de vacances, et il est tout seul chez lui.

— Il a son père et sa mère, ai-je répliqué.

— Tu sais très bien ce que je veux dire. Et pas de bêtises. Vous irez le chercher après dîner.

J'ai ronchonné tant que j'ai pu. Tante Gertrude m'a signalé que les radis faisaient partie du repas.

Et comme ma mère n'avait pas précisé quand après dîner, j'ai pensé que nous aurions bien le temps de faire quelques milliers de choses avant d'aller chercher Jérémie.

— On ferait mieux d'y aller tout de suite, a dit Lulu en regardant sa montre. Ta mère a dit qu'on allait se baigner à deux heures trente, et il est une heure et demie.

— Seulement?

— N'oublie pas mon plan, Cyril. Pour ce vilain crapaud de Jérémie, il va falloir en passer du temps à être gentil, jusqu'à ce que je puisse le remettre à sa place. Viens-t'en.

— C'est complètement stupide, ai-je ajouté en soupirant, mais j'ai tout de même suivi Lulu.

D'abord, ça n'a pas été totalement moche. Oh! Jérémie était aussi désagréable que d'habitude, et Lulu était ridiculement gentille avec lui, tout sucre, tout miel. Mais il y avait tant de choses à voir que je ne m'occupais pas d'eux.

Nous avons marché vers la plage. Passé les chalets, la plage décrivait une courbe et là, des saules tombaient vers le sable. Toutes sortes de débris étaient échoués sur la plage. Lulu a trouvé un soulier et un bout de corde jaune. Moi, j'ai trouvé une bouteille vide avec son bouchon. Nous l'avons placée sur un tronc d'arbre et nous avons essayé de la faire tomber en lançant des cailloux dessus, sans y parvenir; alors nous avons lancé la bouteille à l'eau pour voir où elle allait atterrir. Jérémie a ensuite trouvé un seau de plastique avec une poignée en fil de fer. Il était intact.

Sous les saules, il y avait une baie. Un ruisseau en sortait et coulait vers le lac. Nous avons marché entre les arbres en frappant les branches mortes, et nous avons trouvé des branches qui ressemblaient à des fusils, avec lesquelles nous avons joué un moment. C'était super, sauf que Jérémie ne voulait jamais mourir. Il disait toujours qu'on l'avait seulement blessé. L'espèce de bébé gâté! Mais Lulu ne disait pas un mot.

Finalement, nous nous sommes assis sur une bûche au bord de la baie. J'ai lancé un caillou dans l'eau et j'ai regardé les ondes se répandre à la surface.

— C'est une baie sans fond, a dit Jérémie en la montrant d'un signe de tête. Et voulez-vous que je vous dise? Elle est censée être hantée par un homme qui s'a noyé.

— S'est noyé.

Lulu corrigeait toujours tout le monde, même quand elle avait décidé d'être gentille. Je me moquais bien de l'erreur de Jérémie; ce qu'il venait de dire était inquiétant.

— Vraiment? ai-je dit.

Je regardais les formes tortueuses des arbres et les ombres de leur feuillage se refléter dans les eaux de la baie silencieuse. J'ai senti quelque chose m'effleurer le cou et j'ai sursauté.

Jérémie s'est mis à rire et il a retiré sa main.

— Peureux! a-t-il dit.

Lulu faisait ses yeux ronds et elle souriait. Je me suis levé pour aller au soleil, là où le ruisseau partait vers le lac. «Ha, ha!» me suis-je dit. Ce n'était pas parce que Lulu avait décidé d'être gentille avec Jérémie qu'il fallait qu'elle rie de moi. J'écrasais des cailloux avec mes souliers. À mes pieds, le ruisseau n'était pas profond; l'eau coulait rapidement. J'ai aperçu dans l'eau une roche magnifique. Elle était toute blanche, ronde et lisse. Je l'ai sortie de l'eau et j'ai vu de minuscules parcelles briller à sa surface. Je l'ai mise dans ma poche et je me suis senti mieux.

Nous sommes revenus le long de la plage en faisant des concours. C'est Lulu qui lançait les cailloux le plus loin dans le lac. Jérémie a fait le plus de ricochets. Moi, je suis arrivé dernier, loin derrière les deux autres. Je l'ai su parce que Jérémie faisait le compte des points. En fait, il a grimpé sur une bûche pour l'annoncer au monde entier. Je bouillais, j'écumais, mais Lulu hochait simplement la tête en disant tout bas : «N'oublie pas mon plan, Cyril.» Mais pendant que Jérémie avait les yeux tournés, j'ai sauté sur la bûche, j'ai levé le nez en l'air en faisant mon air de vieille patate, en imitant surtout Jérémie déclarant à l'univers combien il était génial. Je me suis senti encore mieux. Après, j'ai cherché des cailloux dans le ruisseau et j'ai laissé les deux autres jouer ensemble.

Quand nous sommes rentrés au chalet, c'était l'heure de la baignade. Je croyais que nous serions alors débarrassés de Jérémie, mais ma mère l'a invité à venir nager avec nous, et il est parti chercher son maillot de bain.

— Ne t'en fais pas, m'a dit Lulu comme nous marchions vers le chalet. Il ne sait peut-être pas très bien nager. Il faudra qu'on lui évite la noyade et en échange, il devra nous redonner la maison dans l'arbre.

Mais Jérémie nageait très bien. En fait, Jérémie pouvait tout faire en même temps : nager, se vanter et faire le bébé gâté. Il était super embêtant. Il nous a parlé de sa mère qui avait déjà vendu une maison d'un million de dollars, de son frère qui avait réussi à avoir tous les écussons des scouts et de son père qui possédait le plus gros appareil-photo de l'univers entier. Je regardais mon père flotter sur le dos comme un billot, et je souhaitais qu'il fasse quelque chose de phénoménal pour clouer le bec à Jérémie. Mais il s'est contenté de revenir vers la plage et de s'étendre sur une serviette.

— Ton père ne nage pas très bien, n'est-ce pas? a demandé Jérémie.

— Il court, ai-je répliqué. Il court dix kilomètres chaque jour. Et vite!

Mon père ne couvrait jamais une telle distance, et il ne le faisait pas tous les jours, mais Jérémie n'avait pas besoin des détails.

— Nager, c'est mieux! a dit Jérémie. Il n'est pas beaucoup bronzé non plus.

— Il est trop occupé. Il réfléchit au prochain livre qu'il va écrire. Il pense même en ce moment.

Nous avons tous les deux regardé mon père. Il avait les yeux fermés.

— Tu vois? ai-je dit.

Jérémie n'avait pas l'air convaincu; j'ai donc été très content que Lulu lui lance un défi : lequel des deux pouvait rester sous l'eau le plus longtemps sans respirer. J'ai marché un peu au bord de l'eau et j'ai trouvé un extraordinaire caillou noir et blanc et un galet veiné de rouge, de blanc, d'or et de vert. Je les ai gardés. Je tenais vraiment à trouver quelque chose qui clouerait le bec à Jérémie. Mais à part lui coller la bouche, je ne trouvais pas de solution. Finalement, c'est ma mère et tante Gertrude qui ont réussi à l'impressionner. Elles étaient capables de faire la culbute sous l'eau, et elles nous ont mis au défi d'essayer. Nous avons tous réussi à avaler suffisamment d'eau pour faire flotter un porte-avions.

Tante Gertrude a plongé pour faire une autre culbute, et elle est ressortie en nous tirant la langue.

— Rappelez-moi de vous montrer comment faire un de ces jours, a-t-elle dit avant de plonger une autre fois.

Ma mère est allée nager. Lulu a encore essayé de faire des culbutes, mais Jérémie a eu une idée : fabriquer un casque de plongée.

— On peut se servir du seau que j'ai trouvé, a-t-il dit. C'est ce qu'il nous faut.

De la plongée! Même moi, j'en étais tout excité. C'était le genre de sport que monsieur Martin aimait. Je me moquais bien que ce soit l'idée de Jérémie. Je suis arrivé le premier sur la plage!

Mais après cela j'ai été, selon Jérémie, l'embêteur professionnel. Chaque fois que je faisais une suggestion, il disait, avec un regard qui laissait croire que j'avais de la chance de m'en tirer à si bon compte :

— Cyril, laisse ce problème aux spécialistes, d'accord?

J'étais prêt à l'assassiner avec son seau ridicule, surtout qu'il me volait toutes mes idées en les mettant à exécution.

Mais il n'agissait pas de cette façon avec Lulu, oh

non! Il l'agaçait un peu, mais, en fait, ils échangeaient leurs meilleures idées comme deux vieux complices en se disant : «Ouais! Et là tu pourrais faire ceci... » Peut-être fallait-il faire un peu peur à Jérémie, faire équipe avec lui à la journée des concours d'adresse ou quelque chose de spécial avant d'avoir le droit de dire un mot.

Ils se sont donc installés à la table de pique-nique de Jérémie, faisant tous les plans, se gardant la belle part du travail et me donnant des ordres comme à un esclave. «Je vais leur montrer, me disais-je, et au moment où ils seront à court d'idées, je trouverai, moi, l'idée de génie!»

Quand le casque de plongée a été prêt, nous l'avons apporté sur la plage. Il n'y avait personne d'autre à part mon père, devant notre chalet. Il réfléchissait toujours, ou il dormait, mais maintenant il était plus rose.

— Ça va, a fait Jérémie. C'est l'heure des essais.

Ils avaient fabriqué quelque chose d'assez impressionnant. Le seau était renversé pour qu'on puisse y passer la tête. Ils y avaient percé un trou, recouvert de pellicule plastique collée bien en place, comme une petite fenêtre, pour qu'on puisse voir. Sur le dessus du seau, il y avait un autre trou dans lequel ils avaient fait passer un bout de tuyau d'arrosage. L'autre extrémité du tuyau était relié à la pompe à vélo de Jérémie. C'était l'entrée d'air.

Il y avait une chose que je ne comprenais pas :

pourquoi l'eau n'allait-elle pas remplir le seau? Jérémie a poussé un soupir.

— Regarde, grande bête!

Il a mis le seau sous l'eau, à l'envers, c'est-à-dire l'ouverture d'abord. Le seau s'est immobilisé sous ses mains.

— C'est l'air qui est emprisonné dessous, Cyril, a expliqué Lulu. L'air empêche l'eau de rentrer.

— Et si vous n'arrêtez pas de pomper, a ajouté Jérémie, j'aurai de l'air en quantité. Allons-y!

Il a sorti le casque de l'eau et l'a mis sur sa tête.

— Mbommbez! a-t-il crié de sous son seau.

J'ai regardé Lulu.

— Pompez, je suppose, a-t-elle dit en saisissant la pompe à vélo. Toi, tiens le tuyau bien droit.

Nous regardions Jérémie s'avancer dans l'eau de plus en plus profonde. Il avait de l'eau jusqu'à mi-ventre et vacillait sur les pierres, là où l'eau devenait sombre et pleine de mystères. Puis tout à coup, il s'est rué vers le rivage comme s'il avait un requin à ses trousses.

—Je... euh... je veux mes sandales de plage, a-t-il expliqué d'une voix chevrotante en enlevant le casque de plongée.

Il a fait la grimace en secouant le pied.

Ce n'était pas facile de marcher dans l'eau pieds nus, mais quand même pas si difficile que ça!

— Qu'est-ce qui se passe, Jérémie? lui ai-je demandé en riant. Tu as eu peur qu'un monstre te pourchasse?

— Pas du tout, a répondu Jérémie comme s'il voulait se battre avec moi.

À ce moment même, je me moquais complètement de son humeur. Je ne me souciais pas non plus de ce que Lulu me soufflait. J'étais trop heureux de narguer Jérémie.

— Oui, tu as peur! ai-je crié. Tu as peur du grand monstre des mers!

J'ai agité les doigts dans sa direction et je me suis mis à rire comme un fou.

— Jérémie-le-peureux! Jérémie-le-peureux!

Tant pis pour le plan de Lulu et les gentillesses obligatoires! C'était bien mieux ainsi. Jérémie grognait, bredouillait à qui voulait bien l'entendre qu'il n'avait peur de rien.

— Tant mieux, ai-je dit.

C'est là que m'est venue une idée de génie.

— Tu veux que j'aille dans l'eau à ta place, mon petit Jérémie? ai-je ajouté.

J'ai croisé les orteils en attendant sa réponse. Jérémie m'a regardé, puis il a tourné les yeux vers le lac.

— D'accord, Cyril, a-t-il dit très vite. Vas-y le premier si c'est toi le plus brave! Je m'en moque pas mal.

— J'y vais. Pompez!

Je lui ai pris le casque des mains et je l'ai enfoncé sur ma tête. Qu'est-ce que cela pouvait bien faire si Jérémie était furieux contre moi, si Lulu me regardait comme si elle avait voulu m'envoyer sur Pluton? L'heure était venue pour moi de briller.

Je suis entré dans l'eau. La poignée du seau ballottait contre ma poitrine et l'odeur du plastique m'envahissait les narines.

De loin me parvenait un sifflement : c'était la pompe à air. Je tenais le seau à deux mains à la hauteur de mes épaules et je me suis avancé dans l'eau plus profonde. Le tuyau tirait le seau vers l'arrière de sorte que j'avais le front dans la fenêtre et les yeux contre le plastique. Je ne voyais rien. Le fond du lac semblait encore plus rocailleux devant chez Jérémie. Jérémie avait peut-être raison à propos des sandales de plage. Je me frayais un chemin entre les cailloux glissants; je sentais l'eau monter de mes cuisses jusqu'à mon nombril. J'aurais bien voulu voir devant moi. Il y avait peut-être vraiment quelque chose là où l'eau était plus profonde, quelque chose avec de petits yeux ronds, des dents acérées et de longs tentacules prêts à saisir un pied ou une jambe, un calmar de lac qui n'attendait que... que moi... pour faire un bon repas... Mais qu'est-ce que je faisais là? Mes orteils se sont recroquevillés à tel point que j'ai cru qu'ils allaient m'égratigner les talons.

J'ai pris mon souffle et j'ai avancé encore d'un pas. Un caillou a roulé sous mon pied et j'ai glissé vers l'avant. L'eau était à la hauteur de mon estomac. J'avais l'impression de sentir les doigts de Jérémie me chatouiller la colonne vertébrale. Je me suis dit que, si je me laissais aller vers l'arrière, sous l'eau, je n'aurais pas besoin de faire un pas de plus. J'ai avancé un pied pour me maintenir en équilibre, en tâtant le fond du bout des orteils, quand soudain, mon pied s'est enfoncé dans quelque chose de mou.

— Aaaaaaaaah!

Je me suis élancé hors de l'eau en hurlant. Mais on ne peut pas sauter bien haut avec un casque de plongée sur la tête. La poignée du seau battait contre mon menton. J'ai perdu l'équilibre, et le seau s'est mis à se remplir d'eau et à couler. J'ai essayé d'arracher le seau, tout en me débattant et en hurlant pour éloigner le calmar de lac. Puis je suis tombé à genoux au fond, le seau s'est dégagé et je me suis traîné à quatre pattes vers le rivage, en criant toujours comme un perdu. J'étais convaincu que j'allais y laisser ma peau, lorsque je me suis rendu compte que je n'étais que dans quinze centimètres d'eau. Je me suis retourné pour voir le monstre, mais tout ce qu'il y avait à voir, c'était une grosse masse d'algues vertes enroulées autour de mon pied.

J'ai cru que Lulu et Jérémie allaient mourir eux aussi, mais de rire. Jusqu'à ce que mon père apparaisse... Là, j'ai cru que nous allions mourir pour vrai tous les trois : nous avions enfreint les «Lois du lac».

Une fois au chalet, nous avons eu droit à un sermon de première classe. «C'était idiot, crétin et dangereux! La loi numéro un, je venais à peine de vous expliquer! Où avez-vous donc la tête?» Mon père et ma mère ne mâchaient pas leurs mots. Après le sermon, mon père nous a ordonné de nettoyer la grille du barbecue et de donner un coup de main pour le souper. Nous n'avions pas le droit de retourner à l'eau avant le lendemain. Quand mon père est allé se changer, nous avons pu voir qu'il avait le dos aussi rouge que la figure. Cela n'allait pas nous aider.

Nous avons fait notre corvée, mais comme les adultes étaient autour, nous ne pouvions pas beaucoup parler. Ils riaient ensemble, tous les trois, mais ne nous adressaient pas le moindre sourire, comme si nous étions de très vilains enfants.

Ce n'était pas juste. D'accord, peut-être qu'un casque de plongée, ce n'était pas l'idée la plus brillante, mais ce n'était pas moi qui y avais pensé et j'avais eu de l'eau seulement jusqu'à la taille. Et de toute manière, nous avions nagé avant, donc c'est comme si nous avions eu la permission, en quelque sorte. Baleine à bosse! Je savais probablement mieux nager que mon père. Il ne savait rien faire d'autre que la planche. Et il n'avait pas besoin de demander la permission chaque fois qu'il voulait mettre un orteil à l'eau, quoi qu'en dise tante Gertrude.

Après souper, il a fallu aider tante Gertrude à faire la vaisselle. Elle lavait, et nous, on essuyait.

Elle n'arrêtait pas de parler pendant qu'elle lavait, mais on avait quand même du mal à la suivre. Elle nous a parlé des plantes qu'elle voyait par la fenêtre de la cuisine. C'était passablement ennuyeux, mais, au moins, elle ne nous grondait pas. Quand la vaisselle a été terminée, elle nous a jeté son regard «Rayon-X». «Ça y est, me suis-je dit, un autre sermon!»

Mais tante Gertrude nous a murmuré :

— Ce n'était vraiment pas très intelligent, votre expérience de cet après-midi. Au cas où vous ne le sauriez pas, les parents ne tiennent pas à perdre leurs enfants. C'est pour cela qu'ils sont si fâchés. J'ai toujours répété à ta mère, Cyril, qu'un champion de natation peut se noyer dans un verre d'eau. Compris?

Je pensais bien que oui, presque, alors j'ai fait signe que oui. Lulu a fait de même.

— Bon, a poursuivi tante Gertrude. Si tu fais une erreur une fois, c'est une bonne leçon. Si tu fais deux fois la même erreur, c'est de la folie. Si j'étais à ta place, j'irais m'excuser.

Je regardais fixement le plancher. J'aimais moins sa dernière phrase.

— Et maintenant, dit tante Gertrude en s'essuyant les mains, montrez-moi donc ce fameux casque de plongée que vous avez fabriqué.

J'ai levé la tête aussi vite qu'un yo-yo. Lulu gardait la bouche ouverte sans s'en rendre compte.

— Allez, allez! a fait tante Gertrude de sa voix rauque.

Lulu s'est mise à expliquer comment fonctionnait le casque, comment l'air devait être emprisonné à l'intérieur.

— Minute, minute, ma Lulu! a dit tante Gertrude. Sais-tu que l'inverse est tout aussi vrai?

Elle a pris un verre et l'a rempli à moitié d'eau.

— Il y a de l'eau dans le verre. L'air exerce une pression sur l'eau, hein? En fait, la pression de l'air est si forte qu'on peut se servir du verre comme d'une ventouse.

Cela m'a fait penser au calmar géant dans le lac et j'en ai eu le frisson. Tante Gertrude continuait ses explications.

— Ainsi, je peux faire tenir ce verre à cette poutre du plafond, par succion.

— Impossible! a dit Lulu.

— C'est ce que tu penses? a dit tante Gertrude. Venez, les enfants. Il faut soutenir ce qu'on avance. Je vous mets au défi : si je gagne, vous allez vous excuser; si vous gagnez, je m'engage à laver la vaisselle. En fait, je pense que même ton père pourrait se faire prendre.

Lulu a eu son regard d'ordinateur humain. Ses yeux allaient du verre à la tante Gertrude, de la tante Gertrude à la poutre. Tic, tic, tic.

— J'accepte, a dit Lulu.

— Bravo, ma fille! a dit tante Gertrude. Cyril, va vite chercher ton père.

Une minute plus tard, je suis revenu avec mon père et ma mère. Tante Gertrude était debout sur une chaise de cuisine, le bras étiré le plus possible pour maintenir le verre d'eau au plafond.

— Denis, a-t-elle coassé, Denis, l'homme qu'il me faut! Donne-moi un coup de main, veux-tu? Prends le balai pour tenir le verre en place une minute, jusqu'à ce qu'il tienne tout seul. C'est trop difficile pour moi.

Mon père a pris le balai et a maintenu le verre en place. Tante Gertrude est descendue et a remis la chaise à sa place.

— Merci, Denis. Ce ne devrait pas être trop long. Venez, les enfants, nous reviendrons vérifier tout à l'heure.

Elle nous a mené vers la galerie.

— Et voilà! Quand passez-vous aux excuses?

— Quoi?

— Tante Gertrude, a fait maman en retenant un sourire, tu ne devrais pas. Il a un coup de soleil, le pauvre.

— Ah! Denis a un peu d'humour tout de même, a répondu tante Gertrude. Il ne m'en voudra pas. On le laisse tenir le verre encore une ou deux minutes. Attends qu'il nous appelle. Vois-tu, Rosalie, j'ai fait un pari avec nos chers petits et ils ne veulent pas admettre qu'ils ont perdu.

— Mais on n'a pas perdu! ai-je dit.

— Oh! oui, vous avez perdu, pauvres cocos! a dit tante Gertrude en riant.

On aurait dit qu'elle se gargarisait avec du sable.

— Le verre est bel et bien fixé au plafond, a-t-elle continué. Maintenu au plafond par l'extrémité d'un manche à balai, ton père étant collé à l'autre extrémité...

— Parce qu'il ne peut pas atteindre le verre et vous avez rangé la chaise! a grogné Lulu.

— Mais c'est un tour! me suis-je plaint. Ce n'est pas juste.

Les adultes n'ont pas le droit de jouer des tours aux enfants.

— Tout un tour, hein! a répondu tante Gertrude en rigolant.

— Je vais m'en souvenir! a dit Lulu, songeuse.

— Eh! a fait une voix, de la cuisine. Qu'est-ce qui se passe, au juste?

— Je pense qu'on devrait aller voir Denis, a dit ma mère.

Nous sommes retournés à la cuisine.

Pendant que maman grimpait pour récupérer le verre, tante Gertrude a expliqué à mon père son histoire d'erreur qu'on fait une fois pour apprendre. Il a esquissé un sourire d'une micro-seconde. Puis il a demandé à maman de lui appliquer plus de lotion contre les coups de soleil. J'ai eu une drôle de sensation au niveau de l'estomac. L'idée de le rendre encore plus furieux, surtout avec son coup de soleil, n'était pas particulièrement géniale. Mais tante Gertrude nous a regardés par-dessus ses lunettes.

— Ça va, maintenant, a-t-elle dit. Allez vous excuser.

J'ai fait la grimace, prêt à rouspéter.

— Tu connaissais les règles du jeu, mon grand! Maintenant, je réclame mon dû. Allez, on s'exécute! a-t-elle dit en m'indiquant la porte du doigt.

J'ai regardé Lulu. Elle a haussé les épaules, comme pour dire qu'il n'y avait pas d'autre solution. Nous nous sommes dirigés vers la chambre de mes parents, tels des condamnés à mort.

Mes parents étaient dans leur chambre. Ma mère appliquait de la lotion sur la peau de mon père qui grimaçait de douleur. Son dos aurait pu briller dans le noir.

— Qu'est-ce qu'il y a, Cyril? a demandé mon père d'une voix qui signifiait clairement que nous le dérangions.

Il plissait la figure comme s'il était en train d'avaler un citron.

J'ai regardé le plancher, tripoté mon t-shirt et j'ai dit d'une toute petite voix :

— Excuse-moi pour cet après-midi. C'était stupide.

— Ouais, a ajouté Lulu.

J'ai levé les yeux sans bouger la tête. Ma mère a souri, mais pendant une fraction de seconde, mon père a eu l'air de vouloir nous faire un nouveau sermon. Puis il a poussé un soupir.

— On apprend à tout âge, a-t-il dit en souriant lui aussi.

Quand il a repris son air de mangeur de citrons, je savais que c'était à cause de son coup de soleil.

De la véranda venait un son bizarre. Tante Gertrude était assise à la table devant un bol de cure-dents et elle brassait les cartes.

— Approchez, approchez! Qui veut jouer au poker? a-t-elle aboyé de sa voix rauque.

Jusqu'à l'heure du coucher, elle nous a expliqué le jeu.

Cette nuit-là, j'ai dormi dans le lit du haut et je me suis habitué à ma nouvelle chambre. Des millions de criquets grésillaient dans la nuit derrière ma fenêtre, et je pouvais entendre les vagues venir mourir sur la plage. La lumière du salon éclairait faiblement ma chambre. Je pouvais voir le petit tas de cailloux que j'avais ramassés, rangés sur ma commode. De la véranda me parvenaient les voix des adultes et le rire rauque de tante Gertrude.

J'ai poussé un long soupir de satisfaction. Mon lit se creusait au milieu et épousait parfaitement ma forme. Demain, ce serait une bonne journée. Plus d'idioties comme le casque de plongée, non merci! J'avais un plan. Ou plutôt trois! Tous aussi formidables! D'abord , j'allais me monter une fantastique collection de cailloux, de très beaux cailloux. Quand j'aurais constitué la plus fabuleuse collection de cailloux au monde, les gens voudraient peut-être m'en échanger contre le privilège d'être patron ou quelque chose du genre.

La vie ne serait plus la même, le jour où je posséderais un trésor. Je ne voudrais peut-être même pas faire d'échange. Ou bien, j'échangerais seulement quelques cailloux et je laisserais à Lulu les tâches ingrates, juste pour montrer à quel point j'avais grand coeur.

Il fallait aussi que je m'occupe de la lettre pour monsieur Martin. Il y avait beaucoup de vieilles revues dans le chalet : cela me faciliterait les choses. Je faisais mieux de travailler à ma lettre pour qu'elle soit prête au cas où j'en aurais besoin. Je ne voulais pas me faire prendre encore une fois à des jeux de fous comme aujourd'hui.

J'entendais Lulu dans sa chambre, un grattement d'abord, puis sa voix qui chuchotait entre les planches.

— Cyril, tu dors?

— Non.

— C'était super, mon plan d'aujourd'hui, non? On continue. Le pauvre idiot ne se doutera jamais de ce qui l'attend. Mais tu dois faire attention.

— Hein? ai-je dit.

— Tu as failli tout faire rater avec le casque de plongée. Il ne faut pas le mettre en colère, Cyril.

— Oh! ça suffit, Lulu. Ce n'est pas toi qui l'as eu sur le dos toute la journée. Tu ne m'as pas aidé pour deux sous. Tu as même ri de moi. J'aurais pu me noyer, tu sais.

— Oh! Cyril, arrête! Tu avais l'air tellement drôle! Je n'ai pas pu m'empêcher de rire. Et puis de toute façon, c'est toi qui devais m'aider pour ce plan-là. Tu n'as pas oublié qui t'a sorti du pétrin la fois du bikini pour monsieur Martin? Hummm?

— Je t'ai déjà remboursé cette dette-là! ai-je dit plus fort.

Lulu m'énervait.

— D'ailleurs, j'ai un meilleur plan, ai-je ajouté.

— Pas si fort, ils vont t'entendre, a dit Lulu. Qu'est-ce que c'est, ton plan?

— Un super plan! ai-je murmuré.

C'était la troisième idée que j'avais; Lulu allait avoir une énorme dette envers moi.

— En fait, nous n'avons pas besoin d'être gentils avec Jérémie, ai-je encore murmuré; je pouvais presque goûter les mots, c'était si bon. Tout ce qu'il faut faire, c'est le coup du verre d'eau au plafond de tante Gertrude. Il va se faire prendre, lui aussi. Et nous allons lui dire qu'il doit rester là à tenir le balai jusqu'à la fin de ses jours, à moins qu'il ne nous redonne ta cabane. Et tu sais quoi? Nous allons prendre un seau plutôt qu'un verre.

Je souriais tout seul dans l'obscurité, en parfait accord avec moi-même.

— Non, a dit Lulu.

— Comment ça, non?

Je me suis redressé dans mon lit.

— Chuuuuut! J'ai dit non, Cyril. Il n'en est pas question. Il y a trop de risques, et ma cabane, c'est trop important. Mon plan est meilleur. Pas de discussion là-dessus.

—Arrête! J'ai horreur de ton plan, ai-je murmuré à tue-tête en direction du plafond. Mon rôle, c'est de me faire embêter et d'avoir l'air d'un clown.

Lulu a commencé à discuter de son côté et moi du mien, et nous parlions si fort que, ni l'un ni l'autre, nous n'avons entendu ni la voiture s'arrêter, ni les pas, ni les coups à la porte. Soudain, la voix de mon père m'a semblé plus forte; j'ai entendu deux nouvelles voix se mêler à la conversation, la porte-moustiquaire battre et les pas de plusieurs personnes dans la cuisine. Nous avons cessé de discuter pour mieux entendre.

— Eh bien! a dit mon père. Nous ne vous attendions pas.

— Entrez, entrez, a dit ma mère.

— Excusez-nous, a fait une voix de dame. Nous sommes désolés d'arriver ainsi. Nous cherchions le chalet des Lambriquet.

— Nous venions chercher la clé, a fait une voix d'homme.

C'était une voix connue, une voix très familière à mon oreille.

— Lulu! ai-je murmuré à travers le mur.

J'ai sauté à bas de mon lit et j'ai couru à la porte de ma chambre. Lulu avait déjà passé le nez par la porte de la sienne.

— C'est lui? a-t-elle demandé.

J'ai jeté un coup d'oeil derrière le dos de tante Gertrude dans la cuisine. Juste devant la porte-moustiquaire se tenaient un homme et une

90

femme. Ils portaient tous deux un short kaki et des sandales. La dame avait un sac de paille; l'homme jouait avec un trousseau de clés et parlait à ma mère. C'est là qu'il m'a aperçu.

— Salut, Cyril.

C'était monsieur Martin!

Une peur bleue

Les trois jours suivants auraient dû être extraordinaires, mais ce ne fut pas le cas. C'était bizarre. Monsieur Martin et sa femme avaient, tout comme nous, loué un chalet de la mère de Jérémie. Je suppose que c'est pour cela qu'elle avait donné une de ses cartes à monsieur Martin, comme à mon père, et je me trouvais passablement stupide de ne pas avoir fait le rapport.

Ils étaient à deux maisons de chez nous. Ils faisaient du canot, allaient à la pêche, faisaient des randonnées et toutes sortes de choses intéressantes. J'aurais dû faire tout cela avec eux, mais je n'en avais pas le droit. Ma mère avait inventé un nouveau règlement : «Ne jamais embêter son professeur. Il est en vacances lui aussi.» J'ai répliqué que monsieur Martin n'était plus mon professeur. Ma mère m'a répondu que cela n'avait aucune importance. Je me sentais aussi frustré que si j'avais été devant un magasin rempli de jouets, mes poches pleines d'argent, et que la porte du magasin avait été fermée à clé.

Monsieur Martin n'était là que pour une semaine. Après, il partait en camping. Il me fallait agir vite pour lui faire comprendre que c'était bien moi qui avais eu l'idée d'offrir la tente. Une fois qu'il l'aurait deviné, j'étais sûr qu'il me demanderait d'aller avec eux en canot ou à la pêche, et le règlement de ma mère n'aurait plus d'effet. Nous aurions tellement de plaisir qu'il m'inviterait sans aucun doute en camping, ce qui serait parfait pour moi, mais qui gênerait énormément Jérémie. Lulu aussi d'ailleurs.

Lulu n'était pas particulièrement drôle, ces jours-ci. Elle continuait à radoter à propos de son plan contre Jérémie. Le soir, elle murmurait sans arrêt à travers le mur combien Jérémie était moche, et comment elle allait le lui montrer. Mais le jour, elle faisait avec lui toutes sortes de choses pour lesquelles je n'avais pas d'aptitudes ou d'autres qu'on ne pouvait faire à trois. Lulu persistait à dire qu'elle faisait tout cela à contrecoeur, mais elle avait pourtant l'air de s'amuser. Cela me fâchait tant que j'ai cessé de jouer avec eux pour préparer mon propre plan. Sans l'aide de Lulu, c'était beaucoup moins amusant, même si je ne me faisais plus mener par le bout du nez.

Je passais le plus clair de mon temps à marcher sur la plage à la recherche de cailloux, en espérant bien évidemment rencontrer monsieur Martin. Je voulais terminer au plus vite ma lettre anonyme et la glisser sous sa porte, mais monsieur Martin saurait tout de suite qu'elle venait de moi si j'agissais ainsi. Ce n'était pas aussi efficace que la poste. Et s'il devinait que la lettre était de moi, j'aurais l'air d'un bébé gâté qui veut recevoir une caresse.

De toute façon, l'idée de me promener sur la plage était très bonne. Si monsieur Martin trouvait un pauvre enfant abandonné sur la plage, il l'emmènerait sûrement faire un tour de canot, ou une promenade, non? Ensuite, ils riraient tous les deux, parleraient ensemble et s'amuseraient follement. Si par hasard, cet enfant, c'était moi, alors l'histoire de la tente tomberait toute seule. C'était parfait.

Sauf pour un petit détail. Monsieur Martin était si occupé qu'il ne remarquait même pas ma présence. Sauf de temps en temps il m'envoyait la main, c'est tout. Si monsieur Martin m'emmenait camper dans une tente à deux places, il fallait que je trouve une façon de nous débarrasser de sa femme.

Puis, un jour, je marchais sur la plage à la recherche de cailloux quand j'ai entendu des pas derrière moi, et une voix me dire : «Salut, Cyril!» D'après le ton, je savais que la personne était contente de me voir. Mais qui était-ce? Je ne le savais pas. Je me suis retourné et me suis retrouvé face à madame Martin.

— Euh... bonjour! ai-je répondu.

J'avais l'impression d'avoir une serviette chaude sur la figure. J'ai baissé les yeux, j'ai relevé la tête, puis regardé par terre encore une fois. La femme de monsieur Martin portait un short, une chemise à manches courtes, et des lunettes de soleil à monture rouge. Elle avait les cheveux noirs, et un joli sourire qui étirait ses lèvres. Elle a remonté ses lunettes de soleil et m'a souri encore plus.

— Je m'appelle Marie. Je suis la femme de Michel.

Michel? Monsieur Martin. Michel me semblait bizarre. Elle m'a tendu la main. Je ne savais pas quoi faire, alors je lui ai serré la main. Son sourire est devenu gigantesque.

— Nous ne nous sommes jamais rencontrés, mais j'ai l'impression de te connaître, car Michel m'a beaucoup parlé de toi.

J'ai cru que mes oreilles allaient tomber. Monsieur Martin lui avait parlé de moi! J'étais trop sous le choc pour demander si c'était en bien ou en mal. J'ai avalé ma salive.

— Tu fais une collection de cailloux, Cyril? Moi aussi.

Elle avait un sac de plastique à la main.

— Est-ce que tu en as de beaux?

J'en ai sorti quelques-uns de ma poche.

95

— J'ai trouvé ceux-ci aujourd'hui, ai-je dit d'une voix à peine audible.

Je n'arrivais pas à retrouver ma propre voix. J'avais l'impression d'avoir une éponge géante à la place de la langue.

— Cyril, ils sont superbes! Veux-tu me montrer où tu les as trouvés? Est-ce que je peux chercher dans ce coin-là, moi aussi?

Je lui ai indiqué l'endroit, dans l'eau peu profonde, et nous avons cherché des cailloux ensemble. Au bout d'un moment, ma langue s'est rétablie. Marie m'a dit qu'elle cherchait toujours des cailloux sur la plage.

— Moi aussi, ai-je répondu, même si je n'avais jamais été à la plage auparavant.

Elle m'a demandé ensuite ce que j'allais faire de mes cailloux et je lui ai dit que je ne le savais pas. Elle m'a dit qu'elle mettrait les siens dans un très beau vase, sur une ancienne commode que Michel, monsieur Martin, et elle étaient en train de décaper. Cela m'a semblé plutôt moche, mais Marie avait l'air de trouver l'idée bonne, alors j'ai dit :

— Ce qu'il y a de triste dans les collections de cailloux, c'est qu'ils ne brillent plus quand ils sont secs.

— Je sais, Cyril. Sais-tu ce que je vais faire d'ailleurs? Je vais remplir le vase d'eau pour qu'ils restent toujours brillants.

— Super! ai-je répondu.

Et j'étais sincère.

Nous avons marché le long du rivage en fouillant l'eau du regard, ramassant un caillou ici et là, et en parlant à cinq cents kilomètres à l'heure. C'était bon de sentir le soleil sur mes épaules et l'eau fraîche rentrer dans mes espadrilles.

— Et qu'est-ce que vous avez fait de bon, Lulu et toi, depuis le début des vacances?

Avant de m'en rendre compte, j'avais raconté à Marie toute une série d'histoires. Et à l'heure du dîner, elle connaissait déjà le plan de Lulu pour récupérer sa cabane, l'arrivée de la grand-tante Gertrude, l'aventure du casque de plongée, le duel aux oeufs pourris et beaucoup d'autres choses. Sauf que j'ai oublié de mentionner les moments où j'avais été ridicule et j'ai amplifié les meilleurs.

Pendant le dîner, j'ai raconté à tout le monde que j'avais ramassé des cailloux avec Marie, sans dire que je lui avais raconté mes vacances en détail.

— Cyril, n'embête pas trop les Martin, a dit ma mère. Rappelle-toi ce que je t'ai dit.

J'ai commencé à grogner et à me plaindre que ce n'était pas juste, mais tante Gertrude m'a interrompu.

— Un instant, vous deux! Votre chère tante Gertrude a une proposition à vous faire.

Je n'étais pas sûr d'apprécier sa suggestion. Tante Gertrude ne me faisait plus aussi peur qu'avant, mais on ne savait jamais trop ce qu'elle allait dire.

— Il est inutile de faire semblant que ton

monsieur Martin est à Tombouctou quand tout le monde sait qu'il habite à deux portes d'ici. Mais ce n'est pas une raison pour l'embêter non plus. Alors au lieu d'être toujours à ses trousses, pourquoi ne pas organiser un feu de plage demain soir? Nous pourrions inviter tout le monde ici! J'aurais enfin l'occasion de faire la connaissance de ce cher monsieur.

— Un feu de plage? a dit mon père, un peu gêné.

— Un feu de camp sur la plage, a expliqué ma mère. Nous ferons griller des guimauves et des «hot dogs», et s'il fait assez chaud, nous irons nous baigner. Tante Gertrude, c'est une merveilleuse idée. Et si les Martin acceptent l'invitation, a-t-elle ajouté en me regardant, nous ne les dérangerons pas jusqu'à demain soir. D'accord?

J'étais d'accord.

— C'est décidé, a dit ma mère. Et tante Gertrude nous racontera des histoires.

— Tu parles, ma petite chérie! Et pas n'importe quelles histoires! Et nous chanterons en choeur.

— Eh! ai-je lancé. Monsieur Martin joue de la guitare.

Les choses prenaient une tournure extraordinaire. Je n'osais y croire. Même Lulu avait l'air intéressée. Tante Gertrude ne pouvait pas s'imaginer à quel point son idée était bonne.

— Mon petit Cyril, a-t-elle ajouté, après dîner, nous irons toi et moi, avec Lulu, voir si monsieur

Martin a apporté sa guitare. Ensuite, vous irez tous les deux inviter les Lambriquet.

— D'accord! avons-nous crié en même temps.

Moi, j'étais d'accord pour inviter Marie et monsieur Martin; Lulu, elle, c'était pour inviter Jérémie. Je ne sais pas ni pourquoi ni comment, mais je le sentais.

Au cours de l'après-midi, nous avons invité tout le monde et tous ont accepté. Le lendemain matin, nous sommes partis, mon père, tante Gertrude et moi, pour aller en ville. Lulu avait quelque chose à faire avec Jérémie. Mon père est allé à l'épicerie et moi, j'ai suivi tante Gertrude à la quincaillerie. Je lui ai raconté le truc de Marie pour garder les cailloux brillants, mais tante Gertrude m'a dit qu'elle avait une bien meilleure idée : vernir les cailloux. Comme ça, ils sont brillants même quand ils sont secs. Elle m'a acheté un petit pot de vernis et un pinceau. Quand je l'ai remerciée, elle m'a répondu :

— Ça va, mon coco. Tu m'en verniras un, c'est tout.

— Évidemment!

Et comme ça, au beau milieu de la rue, elle s'est mise à chanter.

— Des cailloux dans les chaussettes
Des limaces entr' les orteils
Dans la maison, une mouffette
Pinc'-toi le nez, pas les oreilles!

Je chantais ça avec ta mère quand elle était petite. J'aimerais bien me rappeler la suite...

Je me suis demandé si elle riait de moi ou non, mais j'ai abandonné. Il faisait trop chaud pour se poser des questions.

On avait l'impression de cuire sur le trottoir. Quand nous avons rejoint mon père, j'étais en train de fondre. Tante Gertrude haletait. Elle avait la figure toute rouge et couverte de sueur. J'étais bien content de sortir de la ville et de sentir la brise du lac par les fenêtres de la voiture.

J'étais assis sur le siège arrière et j'imaginais à l'avance combien le feu de camp allait être extraordinaire. Monsieur Martin et Marie allaient être là, ce qui compensait la présence de Jérémie et de ses parents. J'entendais déjà les chansons, je voyais le feu dans la nuit et je sentais la fraîcheur de l'eau sombre. Je me demandais bien quelles sortes d'histoires tante Gertrude allait raconter.

En fait, une autre activité allait peut-être se révéler plus extraordinaire que le feu de camp : monsieur Martin allait nous aider cet après-midi même à ramasser du bois pour le feu! Peut-être aurions-nous, lui et moi, à sauver les autres de l'attaque d'un ours ou d'un lion de montagne? Ou encore l'aiderais-je à soulever une bûche que personne d'autre n'arriverait à déplacer? Nous irions peut-être faire un tour de canot et je lui parlerais de la tente et ... Quand nous sommes revenus au chalet, j'étais déjà engagé en pensée dans une série d'aventures pendant lesquelles Marie et moi plongions ensemble pour trouver un trésor et combattre des pirates. J'ai décidé qu'il nous faudrait une plus grande tente pour qu'elle puisse venir camper avec nous.

À l'heure du dîner, Lulu a déclaré que Jérémie et elle avaient trouvé des tonnes de bûches près de la crique, et que monsieur Lambriquet avait dit que nous pouvions prendre sa chaloupe pour les transporter.

Après dîner, Jérémie, Lulu et moi, avec l'aide de mon père, étions en train de nettoyer un bout de la plage, pour que tout le monde puisse s'asseoir, quand monsieur Martin est arrivé.

Il n'avait pas du tout l'air d'un professeur. Il portait son short kaki et un chapeau de paille aux bords rabaissés. Sa moustache était si tortillée qu'elle touchait presque les bords du chapeau.

Mon père lui a dit que nous allions utiliser la chaloupe des Lambriquet. Monsieur Lambriquet ronflait dans sa chaise longue, juste à côté de la chaloupe.

— Parfait! a dit monsieur Martin, excité comme un enfant. Et si j'allais chercher le canot? Quelqu'un pourrait m'accompagner pour m'aider à faire de l'aviron et nous pourrions faire deux voyages à la fois.

Je me suis mis à sauter dans le sable pour m'empêcher de lui crier aussitôt : «MOIIIIIIIIIIIIIIIIII!»

Jérémie a reniflé avant de dire :

— J'aime mieux rester dans ma chaloupe.

— Je pense que je vais aller avec Jérémie, a ajouté Lulu.

L'espace d'une mini-seconde, j'ai pensé : «Traîtresse!» mais lorsque monsieur Martin a dit : «Alors tu viens avec moi, Cyril?» je ne me souciais plus de ce que Lulu pouvait bien vouloir faire. J'ai hoché la tête pour dire que j'étais d'accord, que je voulais bien aider monsieur Martin. Cela m'a évité de parler. Même avec l'aide d'un pied-de-biche, personne n'aurait réussi à me desserrer les mâchoires.

— Bravo! a dit monsieur Martin. Allons-y!

Je l'ai suivi jusqu'à l'autre chalet. Nous avons porté le canot, et il a déposé au fond deux avirons et une hachette. Nous avons enfilé nos gilets de sauvetage, et je l'ai aidé à mettre le canot à l'eau.

— Ça va, Cyril! Tu es à l'avant!

Monsieur Martin tenait le canot pendant que j'embarquais et que j'avançais à petits pas en suivant la ligne du centre, vers l'avant. Le canot me semblait très, très instable. Je me cramponnais des deux mains, de toutes mes forces. Monsieur Martin a poussé le canot vers l'eau plus profonde; je l'ai senti embarquer à l'autre bout. Et quand le canot s'est mis à osciller, j'ai presque enfoncé mes doigts à travers la paroi. J'ai entendu des bruits sourds et tout à coup, le bout d'un aviron m'est passé sous le nez.

— Prends ça, Cyril. Le canot, ça se fait à deux!

Monsieur Martin m'a montré comment me servir de l'aviron et le canot s'est mis à glisser doucement sur l'eau.

— C'est bon, Cyril, très bon. Continue comme ça. Tu as déjà fait du canot?

— Non.

L'aviron me semblait aussi lourd qu'un poteau de téléphone.

— Tu es sérieux? a demandé monsieur Martin.

Il n'avait pas l'air de me croire. Je me suis dit que je devais vraiment faire ça très bien. Peut-être que l'aviron n'était pas si lourd que ça. J'ai essayé de manier l'aviron un peu plus fort.

— Doucement, régulièrement, Cyril, a fait la voix de monsieur Martin.

J'ai regardé la chaloupe qui venait de quitter le rivage. Elle faisait des zigzags. Mon père avait beaucoup de peine à ramer en ligne droite. J'ai secoué la tête et j'ai souri. Peut-être que plus tard, monsieur Martin ou moi pourrions lui donner quelques conseils...

La surface de l'eau brillait sous le soleil. On n'entendait rien d'autre que le bruit de nos avirons dans l'eau et le clapotis des petites vagues contre les flancs du canot. Tout était si parfaitement merveilleux que j'osais à peine respirer. J'étais ce fameux explorateur intrépide en route vers une rivière mystérieuse et jusqu'ici inexplorée.

— J'ai entendu dire que tu avais un été chargé, Cyril.

Cette phrase m'a fait sursauter. Je me revoyais en train de ramasser des cailloux avec Marie. Qu'est-ce que je lui avais dit, au juste? Je ne pouvais me le rappeler, mais j'aurais parié un million de dollars que c'était quelque chose de stupide. J'ai senti mon estomac descendre d'un coup, dans le fond du lac.

— Lulu est toujours en guerre contre Jérémie, n'est-ce pas? a demandé monsieur Martin en riant. Ils n'abandonneront jamais leurs querelles, ces deux-là?

— Euh... oui, ai-je dit. Non.

— Et tu as fait de la plongée?

— Pas précisément.

Je n'osais pas me retourner vers lui. Mes joues brûlaient comme si je venais d'attraper un coup de soleil instantané. Comment avais-je pu raconter tout ça à Marie? Tout avait l'air bébé.

— Et il y a eu une bataille d'oeufs pourris aussi? a demandé monsieur Martin.

Chacune de ses questions me faisait rapetisser de quelques centimètres. Nous n'étions pas censés parler des gaffes de Cyril. J'aurais plutôt espéré des conversations d'aventures, mais à faire de l'aviron ainsi, mes pensées avaient basculé par-dessus bord. Pourquoi n'avais-je pas résolu une affaire de meurtre, pourquoi n'étais-je pas devenu espion, pourquoi n'avais-je pas plutôt fabriqué un robot? Il devait bien y avoir quelque chose d'intéressant à raconter.

En passant devant la baie, j'ai enfin trouvé quelque chose à dire.

— Vous connaissez cette baie? ai-je dit. Elle n'a pas de fond et elle est hantée par quelqu'un qui s'y est noyé.

Ça, c'était une conversation d'aventurier. Nous allions bientôt parler de la tente, j'en étais certain.

— Eh bien, je ne sais pas si elle est hantée, a dit monsieur Martin. Mais elle a bel et bien un fond. J'y ai lancé ma ligne, l'autre jour, et elle a tout de suite pris du mou. J'ai calculé qu'elle doit avoir un mètre et quelque chose au milieu. C'est la vase du fond qui t'a joué le tour.

— Oh!

Je me suis senti aussi petit que quand j'avais cinq ans, comme si je retombais en enfance.

— Qui t'a raconté ça, dis-moi? a dit monsieur Martin.

— Jérémie.

— Évidemment, a répondu monsieur Martin.

Puis nous nous sommes dirigés vers le rivage.

Nous avons tiré le canot sur la plage, et nous avons commencé à ramasser du bois. Puis la chaloupe est arrivée, et les autres nous ont donné un coup de main. Je travaillais très fort pour faire oublier à quel point j'avais été ridicule en canot, mais encore là, cela s'est retourné contre moi. Monsieur Martin m'a dit qu'il était inutile de transporter d'aussi grosses bûches alors qu'il y en avait beaucoup de petites, ce qui nous évitait d'avoir à les fendre.

J'ai rapetissé encore un coup, jusqu'à devenir de la taille d'un bébé encore dans ses couches.

— Je te l'avais dit, les plus petites sont plus légères, a dit Jérémie en transportant une brassée de petit bois vers la chaloupe.

Il ne m'avait jamais dit ça, mais il était déjà loin avant que je lui réponde là-dessus, et sur les faussetés qu'il m'avait racontées à propos de la baie.

Le bois chargé à bord, nous sommes remontés dans le canot et nous avons pris le large pendant que les autres essayaient de manoeuvrer la chaloupe. J'ai regardé par-dessus mon épaule et j'ai crié aux autres :

— Revenez au moins pour l'heure du souper!

J'ai donné un grand coup d'aviron pour nous propulser au milieu du lac. C'était un coup parfait sauf que mon aviron n'a pas touché l'eau. J'ai basculé et du même coup, j'ai fait verser le canot.

Tout le monde, sauf moi, riait quand nous avons finalement réussi à remonter à bord. Monsieur Martin m'a dit que la même chose lui était souvent arrivée, mais je ne le croyais pas. J'avais tout fait rater. J'avais été aussi malhabile que mon père. Monsieur Martin ne m'inviterait jamais, j'étais aussi bien de laisser tomber l'idée d'escalader une montagne avec lui. J'avais dit des idioties, j'avais ramassé les mauvaises bûches, fait stupidement verser le canot et mouillé tout le fichu bois. J'aurais mieux fait de rester à la maison et de ramasser mes satanés cailloux.

Les choses ne se sont pas améliorées lorsque nous sommes rentrés au chalet. Quand nous avons eu fini de préparer le feu et d'empiler les bûches, mon père est allé prendre une bière avec monsieur Martin. Jérémie s'est subitement transformé en moulin à paroles et m'a dit que je devrais penser à devenir funambule, étant donné mon équilibre étonnant.

— Ah oui? ai-je rétorqué. Qu'est-ce que tu connais là-dedans? Toi, tu racontes que la baie n'a pas de fond! Tu devrais devenir menteur professionnel. Monsieur Martin m'a dit que le fond est à un mètre et quelque chose.

— Qu'est-ce qu'il en sait? a répondu Jérémie. Il a plongé dedans la tête la première?

Avant que j'aie eu le temps de répondre, sa mère l'a appelé. J'ai attendu qu'il soit parti et je lui ai fait à peu près quatorze grimaces, toutes plus laides les unes que les autres. Cela ne changeait pas grand-chose.

— Qu'est-ce qu'il fait ici, lui? ai-je crié à Lulu en donnant des coups de pied dans le sable. C'est un imbécile de luxe! Si tout va mal, c'est à cause de lui.

Ce n'était pas tout à fait juste, mais j'en avais assez que tout soit de ma faute.

— Un imbécile de luxe, d'accord, a dit Lulu comme si elle s'en moquait.

Elle continuait à jouer avec les bûches.

— Mais il est plutôt intelligent, Cyril, a-t-elle continué. Pas autant que moi, mais pas mal intelligent. Tu devrais voir le fort qu'on a commencé à construire, tous les deux. Nous avons fait une espèce de poste de guet et...

Je n'en croyais pas mes oreilles. Un fort? Avec ce voleur de cabane à tête de crapaud?

— Tu construis un fort avec ce petit pourri? ai-je hurlé.

— Oh, Cyril! Ça fait partie du plan. Embête-le à ton tour s'il t'agace. Qu'est-ce que cela peut faire s'il est plus intelligent que toi?

— Ce n'est pas parce qu'il est intelligent qu'il est gentil, ai-je répliqué. Je pensais que tu le détestais.

Je suis parti vers le chalet.

— Mais oui, je le déteste, m'a lancé Lulu.

Mais on sentait, au ton de sa voix, qu'elle ne le détestait plus vraiment.

— Cyril, nous sommes censés jouer avec lui, tu te rappelles? Et puis, de toute façon, il part en camping après-demain!

Je continuais à marcher. Même un jour de plus avec Jérémie, c'était déjà trop.

— Joue avec lui si tu l'aimes tant que ça, ai-je crié par-dessus mon épaule. On dirait que tu es amoureuse de lui!

— Et toi, qui suis monsieur Martin comme un bon petit toutou! a crié Lulu.

C'en était trop. J'ai monté l'escalier assez fort pour réduire les marches en miettes. Lulu et Jérémie allaient sans doute passer toute la soirée à rire de moi, à dire combien j'aime l'eau, qu'on ne peut jamais m'en sortir, ha, ha, ha! Tout le monde me traiterait comme un bébé. S'ils pensaient que j'étais assez stupide pour aller à leur ridicule feu de plage, ils se trompaient. Même si on me payait pour y aller, je n'irais pas. Ils allaient être obligés de rire de quelqu'un d'autre.

J'ai attendu jusqu'au dessert avant de déclarer que je n'avais pas envie d'aller au feu sur la plage. Les adultes se sont tous mis à parler en même temps. Et les histoires? Et la baignade? Et toutes les bonnes choses à manger? J'ai dit non. Je resterais au chalet pour vernir mes cailloux.

Ma mère m'a tâté le front une dizaine de fois et m'a demandé si je me sentais bien. Mais finalement, ils ont pris leurs chandails, les lampes de poche, les boissons gazeuses et les hot dogs, le maïs soufflé et les guimauves, et ils sont partis vers la plage.

— Tu es bien sûr que ça va aller? m'a demandé ma mère. Tu nous avertis si tu as besoin de quelque chose?

J'ai fait signe que oui.

— Bonne soirée, alors, a-t-elle ajouté.

Je suis resté à la porte et je les ai regardés

s'éloigner. Mon père marchait devant, suivi de tante Gertrude qui parlait comme d'habitude, les lobes d'oreilles au vent, puis venaient ma mère et Lulu. On aurait dit des explorateurs partant vivre six mois dans la jungle tant ils apportaient de choses. Avant de descendre l'escalier qui menait à la plage, Lulu s'est retournée. J'ai failli lui crier d'attendre, mais elle a haussé les épaules et elle est descendue.

Au début, je trouvais ça amusant d'être tout seul. Il faisait encore un peu clair, alors je me suis installé à table avec mes pinceaux, le vernis et mes cailloux étalés sur du papier journal. Je voulais d'abord vernir le dessus des cailloux et les laisser sécher. Plus tard, je les retournerais et je vernirais le dessous. La brise était tombée et le lac était si calme que je pouvais entendre tout le monde arriver, s'installer et demander où j'étais. Je savais bien que monsieur Martin ou Marie s'empresserait de venir me demander de me joindre à eux. J'hésiterais un moment et je me déciderais à les suivre, comme pour leur faire plaisir. Ou encore, ils s'amuseraient peut-être tellement avec moi qu'ils ne voudraient pas aller rejoindre les autres... J'ai ouvert le pot de vernis et je me suis mis à travailler, pour avoir l'air très occupé.

Mais il commençait à faire de plus en plus noir. Des millions de criquets se sont mis à grésiller. On pouvait voir les reflets du feu près de la rive; on l'entendait craquer par-dessus les voix. De minces filets de fumée montaient dans l'air.

J'ai verni quelques cailloux de plus et je les ai laissés sécher. C'était salissant, le vernis sentait tellement fort que j'ai dû arrêter au bout d'un moment. Je ne pensais pas avoir ramassé autant de cailloux.

De la plage, j'ai entendu monsieur Martin jouer un accord de guitare et tout le monde s'est mis à chanter «Dans la forêt lointaine». J'ai appuyé la tête contre la moustiquaire pour mieux les écouter. Personne ne s'ennuyait de moi, là-bas. Ils préféraient sans doute passer la soirée sans moi. Je ferais peut-être mieux de m'enfuir et de chercher du travail sur une ferme... Tout à coup, la tête de mon père est apparue en haut de l'escalier. Je suis retourné précipitamment à ma table.

— Tout va bien, Cyril?

— Ouais... Je vernis mes cailloux.

— Ça va. Mais tu viens nous rejoindre si tu en as envie.

Quand sa tête est disparue, je suis retourné à la porte-moustiquaire et je me suis faufilé dehors. Il n'y avait rien de mal à les observer un petit instant.

Ils chantaient tous ensemble. J'ai traversé la pelouse jusqu'au bord du terrain. Je me suis accroupi pour mieux les espionner à travers les hautes herbes. Ils étaient tous assis en rond autour du feu. Pendant qu'ils chantaient en se balançant au rythme de la musique, leurs visages brillaient à la lueur du feu.

Papa et maman frappaient des mains et tante Gertrude battait le rythme avec son pied, dans le sable. À côté de monsieur Martin, Lulu et Jérémie regardaient les autres et chantaient comme on chante l'hymne national à l'école. À la fin de la chanson, mon père a lancé une longue note filée; tout le monde s'est mis à applaudir en riant et en demandant une autre chanson. Jérémie s'est penché vers Lulu pour lui murmurer quelque chose à l'oreille. Elle s'est mise à rire. J'aurais voulu voir un piano tomber sur l'affreux Jérémie.

Je suis retourné dans le chalet, j'ai allumé la lampe près de la table, et je me suis laissé tomber dans un fauteuil. J'écoutais la suite des chansons en me laissant glisser, jusqu'à ce que je ne puisse plus voir le dessus de la table. Sous cet angle-là, mes cailloux avaient l'air de rochers d'une autre planète. J'aurais bien voulu me retrouver, moi, sur une autre planète!

Il faisait très noir, maintenant. On ne distinguait rien d'autre que la tache claire du feu. Des étincelles fusaient, montaient comme des lucioles dans le ciel avant de s'éteindre. J'ai entendu quelque chose bouger dans le gazon. J'ai tourné la tête pour mieux entendre. Plus rien... J'ai regardé derrière moi, dans la faible lumière du chalet. Je commençais à avoir un peu peur. C'était la première fois que j'étais tout seul ici. Est-ce que le fantôme de la baie pouvait venir jusqu'ici? J'ai frissonné en me faisant croire que c'était de froid.

Maintenant, les voix demandaient à tante Gertrude de raconter une histoire. Elle a raconté l'histoire d'un guerrier amérindien qui volait du feu pour les siens. C'était une bonne histoire, sauf qu'au beau milieu, j'ai entendu *boum, boum, boum* contre la moustiquaire. Je me suis dressé sur ma chaise. *Boum, boum, boum.* Encore! C'est là que j'ai aperçu un gros papillon de nuit qui essayait d'approcher de la lampe, malgré la moustiquaire. J'ai retrouvé mon souffle. «Je devrais vernir encore quelques cailloux pour m'occuper», me suis-je dit. En plus, je les aurai sous la main si jamais j'avais besoin de me défendre.

Tante Gertrude racontait maintenant l'histoire d'un homme qui n'arrêtait pas de jouer des tours au diable. Ça faisait rire tout le monde, sauf moi. Je n'aimais pas sa façon de faire apparaître le diable subitement, d'un coup, comme ça, à côté du pauvre homme.

On entendait toutes sortes de craquements étranges dans le chalet. Je me retournais sans cesse pour m'assurer que personne n'apparaissait dans un nuage de fumée. Puis j'ai entendu tout le monde éclater de rire et ça m'a fait sursauter. J'en ai renversé mon pot de vernis. Une odeur de vernis à ongles a envahi le chalet. J'ai tenté d'éponger le dégât avec le journal. Quand j'ai eu terminé, j'étais tout étourdi, et tout poisseux.

Le chalet me faisait de plus en plus peur. À la porte des chambres, des ombres semblaient bouger. J'ai appuyé ma chaise contre le mur pour m'assurer que personne ne pourrait se faufiler derrière moi.

Sur la plage, tout était calme. Le feu crépitait. La voix de tante Gertrude s'est faite mystérieuse.

— Maintenant, je vais vous raconter une histoire un peu différente des autres... a-t-elle dit. Cela s'est passé près d'ici, voyez-vous. On me l'a racontée il y a des années, la première fois que j'ai campé. Et je vous l'avoue, cette histoire m'a fait réfléchir. Celui dont je vais vous parler est mort depuis longtemps, on peut bien en parler. Et si l'histoire est vraie...

Qui était mort? J'ai tendu l'oreille pour ne pas perdre un mot, mais en fait, je ne voulais rien savoir de cette histoire.

— Juste un peu au nord d'ici, se trouvait une ferme, complètement abandonnée. Je crois qu'on l'appelait la ferme des Archambault. Monsieur Archambault était, si l'on peut dire, un peu fêlé. C'était un géant, fort comme un boeuf. On disait qu'il avait été bûcheron, parce qu'il transportait toujours avec lui une énorme hache à deux fers. Même dans la maison! Qu'il mange ou qu'il dorme, il avait toujours sa hache à côté de lui. Elle était si coupante qu'il aurait pu s'en servir pour se faire la barbe. Malgré toutes ces bizarreries, personne n'aurait jamais pensé à un meurtre... jusqu'à cette fameuse nuit où...

Tante Gertrude s'est éclairci la gorge. J'ai entendu quelque chose gratter derrière le chalet. Je me suis redressé : rien.

— C'était vers la mi-juillet, coassait encore la voix de tante Gertrude. Le temps était désagréable. Couvert et très chaud. Le tonnerre grondait toute la journée, mais il ne pleuvait jamais. Cet après-midi-là, un voisin a vu monsieur Archambault aiguiser sa hache sur une meule, près de la grange. Les étincelles volaient, sa forte jambe actionnait le pédalier. De temps à autre, il s'arrêtait pour tester le fil de la lame sur un cheveu qu'il s'arrachait de la tête. Puis, il continuait à aiguiser. Ses muscles se gonflaient, ses yeux brillaient, la meule grinçait comme une invention folle et le tonnerre grondait...

J'avais la chair de poule jusque sur le crâne, comme si quelqu'un me traçait doucement une raie sur le dessus de la tête. Avec une hache. Je me suis cramponné à ma chaise de peur qu'elle ne parte sans moi, et je me suis forcé à lever la tête. Tout était d'un calme troublant. Qu'était-il arrivé aux criquets?

J'ai entendu la voix de tante Gertrude qui poursuivait son histoire.

— Cette nuit-là, à des kilomètres à la ronde, tous les habitants de la région ont entendu des hurlements venant de la ferme des Archambault. Et quand les premiers sont arrivés, ils ont découvert...

Tout d'un coup, j'ai voulu me retrouver avec eux, près du feu. J'ai bondi vers la porte. Je me suis arrêté. Il y avait peut-être quelqu'un dehors, à m'attendre? Mais tous les autres allaient penser que j'étais terrorisé. C'est là que j'ai aperçu le melon d'eau.

Il était sur le fauteuil, là où les autres avaient empilé leurs chandails. Ils devaient l'apporter sur la plage. Je pouvais bien leur apporter, comme pour leur faire une surprise, puis décider de rester là avec eux. Et si, par hasard, un homme à la hache me fonçait dessus, je pouvais toujours lui lancer le melon d'eau entre les jambes. Ou encore, s'il me menaçait de sa hache, il atteindrait peut-être le melon d'eau plutôt que moi...

J'ai pris le melon, j'ai glissé mes pieds dans mes espadrilles et j'ai doucement poussé la porte, pour que l'homme à la hache ne m'entende pas venir. Je me suis glissé à l'extérieur en retenant la porte du bout du pied pour l'empêcher de claquer. Je ne voyais que des ombres, des ombres de maisons hantées...

La voix de tante Gertrude n'était plus qu'un murmure.

— Puis, sous les reflets de la lune, quelqu'un a remarqué d'étranges traces qui traversaient le champ. Elles se perdaient dans le petit bois. Il y avait là les empreintes d'une seule botte d'homme, et à côté une longue traînée humide dans la poussière, là où auraient dû se trouver les empreintes de l'autre botte. L'homme avait dû s'être coupé le pied, car il marchait comme ça : bom, *chucccch,* bom, *chucccch.*

De la plage, j'entendais l'affreux bom, *chucccch,* bom, *chucccch.* J'ai couru à travers la pelouse, en zigzag pour éviter la hache. Mes espadrilles claquaient, car je n'avais pas pris le temps de les enfiler comme il faut. J'en ai perdu une, j'ai trébuché et j'ai atterri sur le melon d'eau.

— Bouf! ai-je laissé échapper, pendant que mon espadrille volait dans un buisson.

— Qu'est-ce que c'est?

C'était la voix de ma mère. Est-ce que je devais leur dire que j'étais là? Une horrible idée m'a traversé l'esprit : *et si ce n'était pas ma voix qu'elle avait entendue?* Mon corps se liquéfiait sous l'effet de la peur. Je me suis recroquevillé sous les arbres en retenant mon souffle et en fermant les yeux pour me rendre invisible.

— C'est ce satané raton laveur, a dit monsieur Lambriquet.

Quelques chaises ont remué dans le sable et le silence est revenu.

— Alors, a continué tante Gertrude, ils ont suivi les traces jusque dans le petit bois le plus loin possible. Ils les ont suivies toute la nuit croyant entendre devant eux le bom, *chucccch,* bom, *chucccch...* À l'aube, à près de trois kilomètres d'ici, ils sont arrivés au bord d'un marais. Là, les traces

117

s'arrêtaient. Certains ont dit que l'homme s'était noyé dans le marais, mais d'autres disent que...

À trois kilomètres d'ici! J'ai avalé ma salive avec tant de difficulté que j'ai cru que l'estomac allait me sortir par les yeux. J'ai laissé échapper un faible gémissement.

— Qu'est-ce que c'est? a dit une voix, celle de Jérémie.

Il fallait que je sorte de ce cauchemar. J'ai rampé à toute vitesse, traînant mon melon d'eau. Si je me levais, je savais que sa main allait m'attraper. J'ai tiré le melon sur la première marche de l'escalier qui menait à la plage, et je l'ai poussé sur la deuxième marche. Près du feu, quelqu'un a poussé un cri et le silence est retombé aussitôt. J'ai tiré le melon vers moi, puis sur la troisième marche, mais trop lentement. L'homme allait sûrement m'attraper. Je me suis levé pour dévaler l'escalier, mais quelque chose m'a effleuré le cou. J'ai ouvert grand la bouche pour crier, sans qu'aucun son n'en sorte. Puis mon pied a glissé, le melon d'eau m'a échappé, je suis tombé dans le sable, je me suis relevé aussi vite et j'ai pris ma course en hurlant : «AU SECOUUUUUURS!» L'homme à la hache était juste derrière moi, mais je n'arrivais pas à courir dans le sable.

Lulu hurlait. Quelqu'un a juré et tout le monde s'est mis à crier. Jérémie se cachait derrière Lulu en montrant tante Gertrude du doigt.

— Prenez la vieille dame! criait-il. Prenez la vieille dame. Ne me touchez pas!

Et là, VLAN! Une énorme paire de mains m'a saisi par les épaules et tous mes os se sont mis à s'entrechoquer. Je me suis débattu comme un diable, j'ai donné des coups de pied et hurlé de toutes mes forces.

C'était mon père.

— Cyril! C'est Cyril! ont-ils tous crié.

Et soudain, ils se sont mis à pousser des cris et des soupirs de soulagement. Je n'arrivais pas à le croire. Marie et ma mère avaient les poings serrés sous le menton, haletantes. Les parents de Jérémie avaient la bouche grande ouverte. Monsieur Martin secouait la tête et Lulu nous regardait tour à tour, Jérémie et moi. C'est là que je me suis rendu compte que c'était moi qui avais provoqué tous ces cris, et non pas le monstre que j'imaginais sur mes talons. Tante Gertrude a poussé un très long soupir et m'a regardé par-dessus ses lunettes. Quelque chose me disait que j'avais ruiné son effet.

— Cyril, qu'est-ce que tu... Mais tu ne t'es pas vu?

Ma mère me regardait comme si j'étais tombé de Vénus. Je me suis regardé. Partout où j'avais du vernis, le sable collait à ma peau. Partout, même sur la figure et dans les cheveux.

— Je... j'étais...

Mais je ne savais plus ce que j'étais. Tante Gertrude me regardait toujours, elle me fixait. Je sentais que j'allais avoir droit à tout un sermon.

— Un instant, a fait mon père d'un ton soupçonneux. Gertrude...!

Il s'est retourné pour la regarder à son tour. Puis tous les adultes se sont mis à rire en disant : «Oh non!», «Vous n'avez pas fait ça!» pendant que moi, je me disais : «Fait quoi?»

— Allez, Gertrude, a poursuivi mon père. On reconnaît bien là votre style! Est-ce que vous avez bel et bien monté cette extraordinaire surprise, avec l'aide de notre jeune Frankenstein? Qu'avez-vous à répondre?

J'ai failli dire : «Quuuuuuuuuoi?» mais tante Gertrude a secoué la tête et elle a tendu le doigt vers moi. Je suis allé vers elle très, très lentement. Elle m'a tenu contre sa chaise, m'a regardé de la tête aux pieds, m'a enlevé un peu du sable qui me recouvrait et a placé sa main sur mon épaule. Puis elle a levé un sourcil.

— C'est à vous de le découvrir, a-t-elle dit. Peut-être que oui, peut-être aussi que non. Qui sait? Vous savez, les grands esprits se rencontrent, n'est-ce pas, Cyril?

— C'est v... vrai, ai-je répondu en essayant de fermer la bouche.

Tante Gertrude souriait d'un sourire secret.

— Disons qu'il s'agit d'une histoire inventée et faisons griller les guimauves.

Et quand tout le monde s'est arrêté de rire, c'est ce que nous avons fait.

Monsieur Martin a repris sa guitare; ma mère et

tante Gertrude lui ont appris leur vieille chanson
de vacances :

«Des cailloux dans les chaussettes
Des limaces entr' les orteils
Dans la maison, une mouffette
Pinc'-toi le nez, pas les oreilles!
On tue les maringouins
À grands coups de tromblon
Qu'est-ce qu'on s'amuse dans cette maison!»

La suite de la chanson était encore pire que le
début. Ça faisait un peu peur, mais c'était très
drôle. C'était le style de tante Gertrude, je suppose.
Et de toute façon, ça me plaisait.

Lulu, Jérémie et moi, nous avons fait griller les
guimauves, agenouillés près du feu. Jérémie était
entre nous deux.

— Bel essai, Cyril! a-t-il dit. Mais je savais que
c'était toi. Pas comme d'autres qu'on connaît...

Il a regardé autour de lui comme s'il était le roi
de tous les cerveaux de la terre.

— Ouais, tu as raison, a dit Lulu.

Jérémie a eu l'air extraordinairement surpris.

— Qu'est-ce que tu as? a-t-il répliqué.

Lulu l'a regardé un long moment, puis elle s'est
levée pour venir se placer juste à côté de moi et elle
s'est rassise.

— Jérémie, a-t-elle dit très lentement, tu n'as pas
besoin de manger des guimauves! Tu en as une à
la place du cerveau!

Elle a retiré sa branchette du feu et elle a soufflé sur ses guimauves en flammes.

— Tu en veux une, Cyril? m'a-t-elle demandé.

Je n'arrivais pas à le croire. J'ai pris la guimauve du bout, bien brûlée et bien fondante, et je l'ai mise dans ma bouche. Lulu a pris l'autre.

— Cyril, c'était super, votre truc de peur! a-t-elle dit. Et vous avez réussi à garder le secret!

Elle s'est penchée vers moi et elle a murmuré contre mon oreille :

— C'était tellement prenant que j'ai presque eu peur!

J'allais crier : «Presque?», quand j'ai vu tante Gertrude lever le sourcil. J'ai décidé de ne pas dire un mot. Ces derniers temps j'avais l'air plus intelligent quand je ne disais rien. Et puis, je souriais et j'avais la bouche pleine de guimauve, et il ne faut jamais parler la bouche pleine...

Des cailloux dans les chaussettes

— Cyril, m'a dit Lulu, j'ai un incroyable plan super étonnant!

Cela se passait le lendemain du jour où Jérémie était parti camper. Nous étions tous les deux assis à la table de pique-nique devant le chalet. Nous devions faire le tri dans ma collection de cailloux. Brillants, bien vernis, ils étaient tous étalés sur la table. On ne voyait vraiment pas les petits morceaux de papier journal collés sur certains. Je ne voulais pas en jeter un seul, mais mon père avait déclaré que, si je voulais les ramener tous, il nous faudrait un camion. Je nous imaginais bien sur l'autoroute dans un camion chargé de cailloux, mais mon père m'a regardé avec un air tel que j'ai bien senti qu'il valait mieux en éliminer quelques-uns.

Lulu ne m'aidait pas tellement. Elle passait son

temps à chasser les mouches et à rouspéter, parce qu'il faisait trop chaud. Elle se moquait totalement de mes cailloux. La seule chose qui lui plaisait dans ma collection, c'était un morceau de verre.

Il était vert, usé, égratigné et dépoli par le sable et par l'eau. Tante Gertrude appelait ça du verre de plage. Elle disait que c'était un morceau de ces gros cabochons qu'on voit en-haut des pylônes. N'importe, c'était gros comme mon poing, il y avait un trou de bord en bord, et on pouvait voir des traces de spirale, comme si on avait pu déjà y visser quelque chose. Le verre était transparent, et si on regardait le soleil à travers, on s'imaginait tenir dans sa main une galaxie en pleine explosion.

J'ai dit à Lulu que je le lui donnerais à condition que ce soit moi qui décide de tout ce que nous ferions jusqu'à la fin des vacances. Elle m'a dit de laisser tomber, comme je m'y attendais. Et je suis devenu passablement tendu quand elle m'a parlé de son plan. On ne savait jamais à quoi s'attendre avec elle.

—Je suis sûre que tu vas adorer ce plan-là, Cyril.

— Ouais... ai-je dit sans rien laisser paraître.

J'avais compris, depuis le feu sur la plage, que le silence était une règle d'or.

— Tu ne veux pas savoir de quoi il s'agit?

— Euh... je suis occupé, ai-je répondu en me penchant sur mes cailloux.

— Ah oui? a rétorqué Lulu en regardant sa

montre. Nous sommes ici depuis vingt-sept minutes et tu n'as pas éliminé un seul caillou.

— Mais je dois le faire, ai-je dit d'une voix pas très contente en montrant quatre petits cailloux.

— Tu as dit que tu allais peut-être t'en débarrasser...

— Eh oui, peut-être...

Lulu levait les yeux au ciel. J'étais bien content d'être son associé comme avant, mais c'était comme si je savais à l'avance comment tout allait se passer. Après tout, Jérémie était une fripouille. Moi, pas. Jérémie était une éternelle fripouille. Après son départ, nous nous étions rendu compte qu'il avait chipé tout ce que Lulu et lui avaient ramassé sur la plage. Lulu était encore plus dégoûtée qu'avant. Je l'ai écoutée se plaindre sans dire «Je te l'avais bien dit» plus d'une dizaine de fois.

Donc, tout s'était passé comme je l'avais prévu. Je savais maintenant que, le soir du feu sur la plage, je n'avais pas eu si peur, pas aussi peur que les autres. Ils avaient été terrorisés. Moi, j'avais tout simplement été prudent.

De plus, Lulu n'était pas la seule personne au monde à penser que j'étais un type bien. Tous les autres m'avaient dit combien la surprise avait été bien pensée, et au bout d'un certain temps, je me suis mis à croire que, peut-être, j'avais planifié toute cette histoire. Pas exactement planifié, mais d'une certaine façon, j'avais peut-être agi de telle sorte que les choses s'étaient déroulées de façon géniale.

Tout allait donc plutôt bien, sauf que nous n'avions pas le droit d'aller tourner autour de Marie et de monsieur Martin. Ils n'en savaient pas plus à propos de l'histoire de la tente. Et j'en avais par-dessus la tête de faire le tri dans ma collection de cailloux.

J'en ai pris deux, mouchetés rouge et blanc; j'en avais des tonnes de cette sorte. Ceux-la étaient quand même plutôt jolis; je les ai mis de côté et j'ai continué à fouiller parmi les autres. Lulu a poussé un soupir et s'est mise à gigoter.

— Écoute Cyril, tu fais la triple buse encore une fois en ne voulant pas m'écouter. Mais je vais te faire une grande faveur et t'expliquer mon plan, que tu le veuilles ou non. Il faut que tu te débarrasses de tes cailloux, n'est-ce pas? Et monsieur Martin n'a pas encore entendu parler de la tente, hein? Et tu voudrais bien passer un peu de temps avec eux, non?

J'ai laissé mes cailloux et je l'ai regardée. Je ne lui parlais pas, je la regardais, donc ça ne comptait pas pour des paroles. Lulu m'a gratifié de son sourire de génie-qui-sait-tout.

— Je peux régler ces trois problèmes d'un seul coup. Juste pour toi, Cyril. Un cadeau de la merveille de la rue des Côteaux.

Je n'ai pas pu me retenir.

— Comment? ai-je fait dans un souffle.

126

— Tu devras en retour me faire trois faveurs, a ajouté Lulu.

Mais je m'imaginais déjà en train de faire de la plongée sous-marine dans l'Antarctique avec Marie et monsieur Martin.

— Promis, ai-je bégayé. Promis, promis, promis.

Je savais quand me taire et quand ouvrir la bouche.

— Promis? a dit Lulu. Juré, craché?

— Ouiouiouiouioui, allez!

— Bon. Voilà ce que tu as à faire : prends une poignée de cailloux et offre-les à Marie, devant monsieur Martin. Quand ils vont te remercier, tu vas dire : «Mais ce n'est rien. C'était bien plus facile de ramasser des cailloux que de choisir une tente!» et tu vas rire un peu. Là, tu vas plaquer ta main sur ta bouche et prendre un air embarrassé. Ils vont te demander ce que tu as voulu dire par là. Alors, tu vas faire semblant de ne pas vouloir le dire, mais tu vas leur laisser découvrir, comme par hasard, ce qui s'est réellement passé.

— Je ne peux pas parler du bikini!

— Bien sûr que non, Cyril! Tu aurais l'air d'un parfait idiot! Mais tu peux raconter combien ça a été difficile de ramasser l'argent et de choisir la tente.

— Je comprends. Je pourrais raconter qu'on a dû se rendre au magasin en bravant un terrible orage ou quelque chose du genre...

— Ou quelque chose du genre, a dit Lulu. Et si

tu fais tout cela, ils t'inviteront probablement en camping avec eux.

— Tu crois? Oh! Merci, Lulu! ai-je crié.

— Et ensuite, tu me rends trois services.

— Pas de problème! ai-je dit en riant. Quand tu auras une faveur à...

— Oh! j'ai déjà trois faveurs à te demander, a dit Lulu.

— Déjà?

J'ai senti l'envie de rire me quitter aussi vite que l'eau qui s'écoule d'une baignoire.

— Évidemment, j'ai mes trois idées. C'est comme ça quand on est la merveille des merveilles. Alors, voilà, Cyril, ces trois petits services.

Elle s'est mise à compter sur ses doigts.

— Premièrement : quand tu parleras à Marie et à monsieur Martin, tu vas leur dire à quel point je suis extraordinaire, et que nous avons besoin d'une maison pour remplacer celle de mon arbre. Ils vont peut-être nous laisser emprunter leur tente, quand ils ne s'en serviront pas.

— Je ne sais pas si... ai-je dit en hésitant.

— N'aie pas peur, a coupé Lulu. Je vais te dire quoi dire. Deuxièmement : je vais avoir le droit de prendre le matelas pneumatique quand je veux.

— Ooooooooooh!

Mon père venait tout juste d'acheter un matelas pneumatique. Et nous passions tout notre temps à nous chamailler pour savoir qui l'aurait, et pendant combien de temps. Lulu a froncé les sourcils et m'a regardé comme si j'avais cinq ans. J'ai laissé échapper un soupir et j'ai dit que j'étais d'accord.

— Bien! a dit Lulu. Troisièmement : tu me donnes le verre de plage.

— Quoi? Jamais!

J'ai bondi vers la table à pique-nique bien que Lulu n'ait même pas bougé.

— Cyril! J'ai élaboré ce plan exprès pour toi et tout ce que je te demande, c'est ce gros morceau de verre ordinaire. Toi, tu as tout le reste de la collection.

— Oui, mais...

Lulu m'a jeté un regard noir et elle a placé ses poings sur ses hanches.

— Promis, juré, craché, tu l'as dit! a-t-elle ajouté à la vitesse d'une mitrailleuse.

J'étais coincé.

— Mais seulement si ça marche, ai-je dit lentement.

— Ça va marcher, a répondu Lulu en essayant de prendre mon morceau de verre.

— On verra plus tard, pour le verre de plage, ai-je répliqué en le prenant.

Lulu a souri, mais cette fois, d'un sourire démoniaque.

— D'accord, plus tard... Mais fais attention à mon verre de plage, Cyril. Il fait tellement chaud... Va donc dire à tante Gertrude de venir se baigner avec nous. Je veux faire un tour en matelas.

Il n'en fallait pas plus pour que je me remette à crier encore. Pas tant à cause de la baignade ou du matelas pneumatique, car j'avais très chaud moi aussi. Surtout parce qu'il fallait le demander à tante Gertrude. Les autres adultes n'étaient pas là, nous n'avions pas le choix. Ma mère était partie faire des courses en ville et mon père était allé téléphoner à son journal, chez les Lambriquet. Je n'avais plus peur de demander quelque chose à tante Gertrude, non; mais ce matin, elle nous avait bien dit de ne pas la déranger, car elle était très occupée.

Tante Gertrude s'activait. Elle avait déjà eu le temps d'aller à la ferme, en-haut de la colline, cueillir des fraises et elle était en train d'en faire une tarte. Je savais que ce n'était pas le moment de la déranger, mais Lulu m'avait bien fait comprendre que je devais tenir ma promesse, et qu'elle voulait se servir du matelas pneumatique tout de suite. J'ai fait mon air de celui-qui-avale-son-brocoli-de-travers et je me suis dirigé vers le chalet.

Il faisait encore plus chaud à l'intérieur du chalet, aussi chaud qu'être assis dans un feu de plage. Tante Gertrude lavait ses ustensiles. Sur la cuisinière, il y avait une tarte aux fraises et, sur le comptoir, un plein bol de fraises. Tante Gertrude avait le visage si rouge qu'elle avait elle-même l'air d'une fraise. Même ses cheveux blonds lui pendaient sur le front. Les gouttes de sueur me piquaient un peu partout.

— Bonjour, tante Gertrude.

J'ai dit cela sur le même ton que ma mère. Je voulais prendre mon temps, attendre un peu avant de lui demander, de voir si elle était de bonne humeur.

— Prends une fraise, Cyril, a-t-elle dit de sa voix rauque.

Elle s'est lavé les mains et m'a lancé une fraise.

— Ce n'est pas une croustille, mais c'est bon quand même. Tu fais mieux d'aimer ça, jeune homme! Il y en a beaucoup.

J'ai bien mastiqué et j'ai avalé. Ce n'était pas mauvais.

— Toi, tu n'en prends pas? ai-je demandé.

Elle avait l'air de très belle humeur. Elle s'est penchée vers moi et elle m'a chuchoté :

— Entre nos quatre-z-yeux, Cyril, je t'avoue que j'en ai mangé tellement en les cueillant, que j'en ai un peu mal au coeur.

Elle était décidément de bonne humeur, alors je lui ai répondu, comme si j'avais très peur :

— Est-ce que c'est permis par la loi?

Elle s'est redressée et m'a lancé le mauvais oeil par-dessus ses lunettes.

— Jeune homme, oseriez-vous m'accuser de quelque chose?

— Non! Non, non, non! ai-je bégayé d'un ton incertain.

En moins d'une seconde, j'étais redevenu Cyril le mou.

— J'espère bien que non! a-t-elle dit avant de se retourner vers l'évier.

J'ai repris mon souffle. Elle avait dit ça pour rire ou était-elle sérieuse? C'était ça le problème avec tante Gertrude : on ne savait jamais si elle riait ou si elle était sérieuse.

— Ne me trahis pas, Cyril, c'est tout ce que je demande, a-t-elle dit en me faisant un clin d'oeil. Je suis sûre que tu ne sais pas faire la différence entre «légal» et «permis par la loi»...

Non, je ne savais pas et je m'en moquais bien. Je voulais seulement lui demander de venir se baigner avec nous. Mais tante Gertrude aimait bien me poser de telles questions. Elle en faisait autant avec Lulu. J'ai donné quelques réponses bébêtes, puisqu'il le fallait. Et elle a dit :

— Tu donnes ta langue au chat? Les gales, on les gratte et ce qui est permis par la loi, on en profite...

Elle s'est mise à rire de sa propre blague.

— Tante Gertrude, voudrais-tu venir te baigner avec nous, on meurt de chaleur!

Elle s'est arrêtée et elle a soufflé vers le haut, pour dégager les cheveux collés sur son front.

— Cyril, tu l'as l'idée! Je suis en train de bouillir. Cette chaleur m'étourdit.

Elle a fermé le robinet et s'est appuyée un petit moment sur le comptoir.

— J'enfile mon maillot de bain et je vous rejoins dehors.

Lulu et moi, nous étions déjà en maillot. Nous sommes donc allés prendre le matelas pneumatique sous les arbres, près de l'escalier qui menait à la plage. Au bout de quelques minutes, comme tante Gertrude n'arrivait pas, Lulu est allée voir dans le chalet. Elle est revenue, intriguée. C'était très rare de voir Lulu avec un air pareil.

— Qu'est-ce qui se passe? ai-je demandé.

— Elle a dit qu'elle s'en venait. Elle avait son maillot de bain, mais un chandail de laine par-dessus, a dit Lulu dans un murmure. Elle m'a dit qu'elle avait le frisson tout à coup. Peux-tu croire ça?

Lulu s'éventait avec sa main.

— Ta tante Gertrude est bizarre, Cyril.

Nous avons attendu encore quelques minutes; même à l'ombre, nous nous sentions comme des pommes de terre au four sur le point d'éclater. Nous sommes retournés au chalet et nous avons appelé tante Gertrude. Elle ne répondait pas. Nous avons jeté un coup d'oeil à l'intérieur et là, nous nous sommes arrêtés net. Assise sur une chaise, un chandail de laine par-dessus son maillot, tante Gertrude était affaissée.

— Tante Gertrude? Tante Gertrude! ai-je crié.

Elle ne bougeait pas. Je me suis senti fondre de l'intérieur. Lulu me regardait avec de grands yeux. Alors j'ai appelé mon père à pleine voix.

— Il ne peut pas t'entendre, a dit Lulu très vite. Il faut aller le chercher, viens!

Elle a dévalé l'escalier.

— Vas-y, toi, lui ai-je dit. Tu cours plus vite que moi. C'est mieux que je reste ici.

Je ne savais pas ce que j'allais faire, mais je ne voulais pas laisser tante Gertrude toute seule.

— D'accord, a dit Lulu.

Et elle est partie avant que j'aie eu le temps de la rappeler.

Tante Gertrude avait l'air tellement bizarre que j'aurais voulu me cacher dans les buissons jusqu'à ce que mon père arrive. Mais je ne pouvais pas faire ça. J'ai ouvert la porte très doucement et je me suis dirigé vers elle sur la pointe des pieds.

Elle avait la figure toute rouge. Ses lunettes avaient glissé et sa mâchoire pendait sur le côté. Elle respirait à petits coups. J'ai avalé ma salive avec difficulté. Qu'est-ce que les médecins faisaient dans ces cas-là? J'essayais de me rappeler des trucs, mais ma cervelle était toute brouillée. Ce dont j'étais certain, c'est qu'ils prenaient le pouls du malade et plaçaient des serviettes mouillés sur son front.

J'ai fait un effort et j'ai soulevé son poignet. Il était lourd, doux et très chaud. J'ai cherché le pouls comme on nous l'avait montré à l'école. Il battait à toute vitesse. J'ai été si étonné que j'ai laissé tomber son poignet. Est-ce que son pouls était bon ou non? Comme je ne le savais pas, j'ai couru à la salle de bain et j'ai mouillé une serviette à l'eau froide. Dans les films, les gens demandent toujours de l'eau chaude, mais tante Gertrude était déjà chaude comme une fournaise.

Je suis revenu vers elle en courant et j'ai placé la serviette sur son front. Sa peau avait l'air grise maintenant, sous les rougeurs, et sa respiration se faisait sifflante. De ma main libre, j'ai pris une revue sur la table et je l'ai agitée comme un fou devant la figure de tante Gertrude pour essayer de la réveiller. Ça ne donnait rien. La seule chose qui bougeait, c'était une veine sur sa tempe.

— Allez! ai-je murmuré entre mes dents. Allez!

Puis j'ai entendu des voix et des bruits de pas à la course. La porte a claqué et mon père m'a rejoint.

— Qu'est-ce qui s'est passé, Cyril?

Il a pris le poignet de tante Gertrude pendant que je lui racontais tout. Lulu est arrivée en haletant.

— Coup de chaleur, je parie, a dit mon père. Cyril, va dans la cuisine chercher des glaçons et des sacs de plastique, vite, et des serviettes trempées dans l'eau froide. Je vais la transporter sur le divan.

Lulu, retourne chez les Lambriquet et demande-leur d'appeler une ambulance. Cours ensuite chez les Martin. Nous aurons peut-être besoin de leur voiture s'il n'y a pas d'ambulance.

Il s'est penché et il a soulevé tante Gertrude en la prenant sous les bras et sous les genoux.

Lulu est partie en courant pendant que je volais vers la cuisine. Je l'entendais crier quelque chose à madame Lambriquet qui s'en venait sur le sentier.

— Mets des glaçons dans deux sacs et apporte-les-moi, a dit mon père.

J'ai sorti le bac du congélateur. Il n'y avait pas beaucoup de glaçons. J'ai mis les glaçons dans les sacs de plastique aussi vite que j'ai pu. Quand je suis revenu dans le salon, mon père avait étendu tante Gertrude sur le divan et il lui retirait son chandail.

— C'est bien. On va commencer avec ça.

Papa a pris les sacs de plastique; il en a placé un sous son bras et l'autre sur son front.

— Maintenant, les serviettes!

Nous avons traversé la cuisine et nous sommes allés chercher toutes les serviettes qui séchaient sur la corde à linge. Papa avait ouvert le robinet d'eau froide au maximum. Il a décroché les serviettes et me les a tendues. Nous sommes allés les mettre dans l'évier.

À mesure qu'elles étaient mouillées, je les donnais, froides et dégoulinantes, à mon père. Il a déplacé les glaçons pour pouvoir glisser les serviettes sur tante Gertrude.

— Il faut faire baisser sa température, a-t-il dit. Tiens, soulève sa jambe que je mette ça dessous... C'est bien. Donne-moi une autre serviette. Combien de temps a-t-elle pu passer ainsi, avant que tu ne la découvres?

—Seulement quelques minutes, ai-je répondu au

bord des larmes. Est-ce qu'il est trop tard? Est-ce que c'est grave?

— Difficile à dire, a dit mon père. Le cerveau peut subir des dommages, dans le cas d'un coup de chaleur.

Il m'a tendu une serviette.

— Va la mouiller encore une fois.

J'ai entendu un petit coup sec à la porte de la cuisine et monsieur Martin est entré en trombe.

— Ma voiture est derrière, si vous en avez besoin.

Mon père a pris la serviette que je lui apportais et m'en a donné une autre, toute chaude.

— Merci, Michel. Nous allons attendre de savoir si l'ambulance arrive. J'aimerais qu'il fasse moins chaud, ici.

— Il fait aussi chaud chez nous, a dit monsieur Martin. Tu veux qu'on l'amène au bord du lac?

— Il est sans doute préférable de ne pas la déplacer, a dit mon père. Mais nous pourrions mettre plus de glace autour d'elle. Tu en as?

— Un sac plein. Je reviens tout de suite, a dit monsieur Martin.

Il a croisé Lulu en sortant.

— L'ambulance arrive, a-t-elle dit.

Et elle nous a aidés à mouiller les serviettes. Une minute plus tard, monsieur Martin est revenu avec le sac de glaçons. Il n'y avait rien à faire de plus que de continuer à mouiller des serviettes et attendre. Je n'en pouvais plus, je voulais sortir de là. Je voulais me retrouver tout seul dehors.

Au bout d'un court moment, j'ai entendu l'ambulance arriver et j'ai vu Lulu courir devant les ambulanciers qui apportaient la civière. Tout le monde est sorti autour de la civière où reposait tante Gertrude. Elle avait l'air d'une très vieille dame, une vieille dame en train de mourir.

Je suis resté sous les arbres jusqu'à ce que Lulu me découvre. Mon père était parti en ambulance avec tante Gertrude. Ma mère était revenue de la ville et elle était repartie aussi vite, derrière l'ambulance. Nous devions rester chez monsieur Martin jusqu'à leur retour.

— L'as-tu vue, ai-je murmuré. Elle avait l'air...

— Elle va guérir, Cyril, a dit Lulu d'une voix qui n'avait rien de convaincant, mais il n'y avait rien d'autre à dire.

Dans n'importe quelle autre occasion, je me serais fait une joie de rester au chalet de Marie et de monsieur Martin. Mais aujourd'hui, c'était le dernier de mes soucis. Ils s'occupaient de moi, m'expliquaient que tout allait bien se passer, qu'ils connaissaient quelqu'un à qui la même chose était arrivée lors d'une grande chaleur, que nous allions manger et aller faire un tour de canot. Mais chaque fois que je réussissais à penser à autre chose, voum! la même image me revenait en tête. Je voyais la figure de tante Gertrude, toute rouge, les traits défaits et je me sentais tout chaviré à l'intérieur et je sentais ma propre figure se défaire. Et quand

Marie et Lulu ont fait le coup du verre au plafond, je m'en suis à peine aperçu.

Je ne pensais qu'à une chose : est-ce que son cerveau était atteint? Est-ce qu'elle allait mourir? C'était la première fois que quelqu'un que je connaissais se trouvait en danger de mort. Même si tante Gertrude m'avait fait enrager bien des fois, je n'avais jamais souhaité qu'elle meure. Et si elle mourait, ce serait de ma faute, parce que je n'avais pas réussi à la sauver, que j'étais une triple buse qui n'avait pas su quoi faire! Est-ce qu'on me considérerait comme un assassin? Je n'arrivais pas à penser à autre chose. Le tour en canot ne m'a pas aidé, ni la petite exploration que nous avons faite sur la rive.

De retour au chalet des Martin, tout le monde était de bonne humeur. C'était très gentil de leur part, mais je n'avais pas le coeur à rire.

— Allons nous baigner, a dit monsieur Martin. Allez, vous deux! Nous allons prendre mon masque et mon tuba et cette fois-ci, vous allez voir un peu mieux.

Nous sommes allés à la voiture et monsieur Martin s'est mis à fouiller dans le coffre, pendant que Lulu fouinait à côté de lui. Je me suis appuyé contre un arbre en regardant la route, d'où arriverait la voiture de mes parents. Est-ce qu'ils auraient des nouvelles? Je souhaitais qu'ils arrivent bientôt, à moins que cela ne veuille dire que... J'ai secoué la tête et je me suis forcé à écouter ce que Lulu disait.

— Vous avez deux tentes? demandait-elle à monsieur Martin.

— Ouais! Il y a la vieille qui nous sert à entreposer le matériel.

— Je croyais qu'elle coulait, a dit Lulu d'un drôle de ton.

— En fait, c'est le double toit qui ne tient pas bien.

Je me suis éloigné vers le chemin. Le camping n'avait plus rien d'amusant. Surtout si on pouvait tomber malade à cause de la chaleur.

— Cyril! a crié Lulu. Cyriiiiiiiiiiil!

J'ai entendu un autre son, juste un petit ronronnement lointain, mais qui s'amplifiait.

— Attends! Ils arrivent, ai-je crié.

Mes parents remontaient l'allée. Mon coeur s'est mis à battre très fort. Mon père a ouvert la portière.

— Elle va bien, Cyril.

J'ai fait une espèce de saut, papa m'a pris dans ses bras et je n'ai pas rouspété. Il m'a remis sur mes pieds, et ma mère m'a serré très fort contre elle. Je n'ai pas rouspété non plus. Puis ma mère m'a fait une caresse supplémentaire en disant que c'était de la part de tante Gertrude.

— Elle a dit qu'elle avait eu bien de la chance que tu aies été là! Moi, je le savais déjà, a dit ma mère en me serrant encore contre elle. Mais cette fois, je me suis débattu un peu.

Lulu, Marie et monsieur Martin parlaient avec mes parents. Le médecin avait dit que tante Gertrude avait bien eu un coup de chaleur, mais qu'elle s'en remettrait. Il fallait quand même qu'elle passe la nuit à l'hôpital.

— C'est une vieille coriace! a dit mon père, avec un sourire.

— Elle a eu de la chance, a dit Marie.

— De la chance que tu saches quoi faire, Denis, a ajouté monsieur Martin.

Mon père a souri et il a eu un geste vague.

— J'ai écrit un article l'été dernier sur les coups de chaleur. Mais Cyril, lui, où a-t-il appris les premiers soins? Ce sont eux, la vraie chance de Gertrude, a-t-il ajouté en nous regardant, Lulu et moi. S'ils avaient perdu la tête et qu'ils n'avaient pas fait exactement ce qu'il fallait faire, elle aurait eu du mal à s'en sortir.

Je me suis mordu la joue pour m'empêcher de faire un trop grand sourire. Puis j'ai regardé Lulu de côté. Elle essayait de faire comme si elle était habituée à ce genre de compliment. Peut-être qu'elle l'était, cette chère merveille de la rue des Côteaux.

— Écoutez, a dit Marie. Vous n'avez pas mangé? Vous devez être morts de faim!

— Je suis sûr que vous ne refuserez pas une bière, a dit monsieur Martin.

— Ce n'est pas de refus, a dit maman. Mais vous savez ce qui me plairait vraiment? Un saut à l'eau.

Et en moins de trois secondes, tout était organisé : tout le monde allait se baigner et ensuite, prendre un verre chez nous. Nous allions même faire des grillades.

Nous sommes donc finalement allés nous baigner. En fait, seulement Lulu, maman, Marie et moi avons nagé. Mon père et monsieur Martin se contentaient de s'asperger, de se laisser flotter en sirotant leur bière et en parlant. C'est bizarre, les adultes n'aiment pas faire les fous dans l'eau. C'était encore plus bizarre de les entendre parler : de livres et d'écriture. Pas un mot à propos de plongée sous-marine, de camping, d'aventures, ou de choses du genre. Monsieur Martin a dit qu'il avait toujours essayé d'écrire, mais qu'il n'était jamais arrivé à faire publier ses textes. Il posait toutes sortes de questions sur les livres, les revues et les journaux, sur les moyens de faire publier un texte. Et mon père, étendu sur le matelas pneumatique comme s'il en était l'unique propriétaire, expliquait tout comme si c'était la chose la plus facile au monde. Le plus bizarre, c'était que j'aimais l'écouter parler. Surtout quand il a raconté comment je l'avais aidé à écrire son dernier livre.

Il avait finalement réussi à bronzer, une fois qu'il avait pelé après son coup de soleil.

Quand tout le monde est sorti de l'eau, je suis resté sur la plage avec Lulu pendant que les adultes allaient se changer. Après la fraîcheur de l'eau, c'était bon de se faire chauffer encore un peu dans le sable chaud. Nous avons joué à faire des ricochets et c'est Lulu qui a gagné. Il lui a fallu en réussir quinze sur dix-sept avant de me battre, parce que j'étais devenu très bon grâce à mes promenades solitaires sur la plage. Nous nous sommes laissés tomber sur nos serviettes.

— Tu fais mieux de donner des cailloux à Marie, m'a rappelé Lulu.

— Oui, oui.

— N'oublie pas, parce que notre plan va fonctionner encore mieux, maintenant.

J'aurais dû lui demander pourquoi, mais j'étais plus intéressé par les voix et les rires qui venaient de la pelouse. J'avais envie d'être avec les grandes personnes et d'avoir une conversation d'adulte.

— Allons nous changer, ai-je dit à Lulu.

Nous avons fait la course jusqu'au chalet et c'est moi qui ai gagné. Lulu a dit que ça ne comptait pas parce que je n'avais pas dit «À vos marques!» avant d'être loin devant elle. En tout cas, j'ai fini de m'habiller le premier. Lulu a perdu du temps à raconter tout ce qu'elle allait faire le lendemain. Moi, je me contentais de répondre un «Ouais» par-ci, par-là; j'ai laissé faire mes chaussettes et je suis arrivé dans le salon en tirant le bas de mon t-shirt.

— Attends! m'a crié Lulu de sa chambre.

J'ai sauté sur le vieux fauteuil et j'ai tendu l'oreille. Au début, ils parlaient de tante Gertrude, mais tout à coup j'ai entendu monsieur Martin qui disait :

— Au fait, vous savez ce qui s'est passé d'autre, aujourd'hui? J'ai découvert que c'est Cyril qui avait organisé l'histoire de la tente. Lulu me l'a dit.

J'ai bondi du fauteuil si vite que j'ai failli me casser le cou.

— Vous auriez dû voir le branle-bas de combat! On n'avait pas vu ça depuis longtemps à la maison, a dit mon père en riant. Monsieur Martin ceci, monsieur Martin cela et j'espère qu'il va aimer la couleur et que la tente va être assez grande...

Les joues me brûlaient.

— Et là, continuait mon père comme s'il s'agissait de la chose la plus drôle du monde, il y a eu le truc du mélange de cadeaux et j'ai dû courir de l'école de Rosalie à la tienne...

— Tu veux dire que c'est toi qui avais le cadeau? C'était donc ça, la devinette leur servait à gagner du temps! a dit monsieur Martin en éclatant de rire. Mais un petit instant... Cyril avait un cadeau avant que tu n'arrives!

— Quelle devinette? a demandé ma mère.

— Non, a coupé mon père. Il avait l'autre cadeau. Il me l'a remis et je lui ai donné la tente.

— L'autre boîte? a demandé monsieur Martin.

Et c'est là que tout est sorti, l'histoire du bikini et le reste. J'ai cru qu'ils allaient défoncer leurs chaises tant ils riaient fort. J'aurais voulu disparaître sous le fauteuil. Juste au moment où je me sentais assez vieux pour me joindre à leur conversation! J'avais voulu que monsieur Martin sache que l'idée de la tente était de moi, mais maintenant, toute l'histoire avait l'air ridicule, comme une aventure de bébé. Et en plus, j'avais passé toute la journée à tourner autour de lui comme un bébé gâté. Monsieur Martin allait croire que Lulu avait raconté tout ça pour qu'il me démontre un peu d'affection. Pire encore, il allait croire que c'était ce que j'attendais de lui! J'ai poussé un grognement et j'ai aperçu Lulu debout à côté de moi.

— Panier percé! ai-je dit entre mes dents. Maintenant, il va penser que je suis un bébé gâté! Merci mille fois!

— Non, il ne pensera pas ça du tout, a répondu Lulu dans un murmure. Tu ne comprends pas? Il fallait que je parle, pour t'aider.

Sa voix s'est perdue dans un éclat de rire qui venait de dehors.

— Un duel?

Ma mère riait tellement qu'elle n'arrivait plus à parler.

— Je me rappelle qu'il est rentré couvert d'oeuf pourri, a-t-elle poursuivi, mais il n'a pas parlé de duel...

Elle étouffait de rire.

— Chut! a fait mon père. Ils vont nous entendre.

— En tout cas, c'est ce qu'il m'a raconté quand

nous ramassions des cailloux ensemble sur la plage, a dit Marie doucement.

— Nous, c'est la première fois qu'on entend parler de ça, a dit mon père.

— Apparemment, Lulu et Jérémie se sont sous-estimés avec le truc des oeufs durs, a dit Marie.

Puis elle s'est mise à expliquer à mes parents toute l'histoire que je lui avais racontée. Je me sentais me transformer en crapaud. Ils riaient comme des fous et Lulu me regardait avec des yeux de feu.

— Toi! a-t-elle fait dans un souffle. Tu lui as tout dit! Et le mot «toi» sonnait dans sa bouche comme le mot le plus épouvantable de l'univers.

— Cyril, tu es un affreux traître!

Elle était si fâchée que j'ai oublié ma propre colère.

— Je ne voulais pas, ai-je dit.

— Et j'ai ajouté la seule chose qui me venait à l'esprit :

— Il le fallait. Comme tu as fait.

Lulu m'a foudroyé du regard, les lèvres serrées, les yeux plissés.

— Tu veux dire que tu as eu la même idée que moi?

— Oui, ai-je répondu très rapidement.

J'ai souhaité très fort que ça marche, et ça a marché. Lulu s'est laissée tomber sur le fauteuil, à côté de moi, avec un grand soupir.

— Ouais... Je pense que ça n'a rien donné de très bon! a-t-elle dit.

Je ne pouvais pas répondre puisque je ne savais pas du tout quelle était l'idée dont elle avait parlé. Je préférais me taire.

— Je ne sors pas d'ici, a dit Lulu. Je me sens complètement idiote.

— Moi aussi.

Dehors, ils parlaient toujours.

— Non, vraiment. Je reviens tout de suite, a dit monsieur Martin.

Nous l'avons entendu marcher près de la fenêtre.

— Qu'est-ce que tu veux faire? ai-je demandé à Lulu.

— Rien. Et toi?

— Rien.

Alors, nous sommes restés là. Marie et ma mère parlaient des endroits où elles étaient allées camper, mais je n'écoutais plus vraiment. J'espérais seulement que personne n'entre.

Quelques minutes plus tard, nous avons entendu siffler et marcher encore près de la fenêtre; puis des murmures et des voix qui nous appelaient.

— On ferait mieux d'y aller, avons-nous dit en nous regardant tous les deux.

Nous nous sommes levés et nous nous sommes dirigés vers la porte avec le même entrain que si nous allions à un examen de math. Ils étaient tous assis dans les chaises longues, sauf monsieur Martin. Il était debout, tenant un sac bleu fermé par une corde. Il avait remis son vieux chapeau de paille et ses moustaches remontaient encore plus que d'habitude.

— Eh bien, vous voilà! a-t-il dit. Cyril, je viens tout juste de découvrir que c'est toi qui avais eu l'idée de m'offrir une tente! Et je ne t'ai jamais remercié. J'aurais bien dû me douter que tu étais trop modeste pour t'en vanter.

J'ai cligné des yeux. Modeste? Il ne me prenait pas pour un bébé gâté, il ne pensait pas que toute cette affaire était ridicule? J'ai failli dire en bégayant : «Nous vous avons entendu rire», mais quelque chose m'a retenu. Si monsieur Martin ne disait pas qu'il avait ri, je n'allais pas dire que j'avais entendu.

— Lulu, a poursuivi monsieur Martin, j'ai entendu dire que tu cherches une nouvelle cabane. Je me doute bien que tu dois avoir prévu quelque chose, mais Marie et moi avons pensé que nous pouvions t'offrir notre vieille tente. Tu pourras t'en servir comme tu voudras.

— Tout à fait, a ajouté Marie. La jolie tente que vous nous avez offerte est bien assez grande.

— Ce sera notre façon à nous de vous remercier pour... euh, pour avoir su garder le moral, a continué monsieur Martin.

— Super! a répondu Lulu pour nous deux.

Et voilà, c'était fait!

Après le barbecue, ce soir-là, j'ai étalé toute ma collection de cailloux sur le plancher de la tente.

Nous l'avions montée tout de suite après les remerciements, évidemment. Pendant que nous l'installions, Lulu m'a murmuré que notre plan avait finalement fonctionné, après tout. Je n'ai pas compris du premier coup, mais ensuite j'ai bien vu où elle voulait en venir. Lulu n'avait pas raconté à monsieur Martin l'histoire de la tente pour qu'il me remercie et que je me sente mieux. Quand elle avait vu la deuxième tente, elle s'était mise à espérer qu'il nous la donne, si elle jouait le bon jeu. Elle était convaincue que j'avais eu la même idée en parlant du duel aux oeufs et du camion d'ordures qui avait avalé les boîtes des Trottier.

— Tu sais ce que dit ta tante Gertrude, Cyril : les grands esprits se reconnaissent, a-t-elle murmuré en enfonçant un piquet de toutes ses forces. Alors, tu sais quoi? Nous installerons la tente une semaine chez toi, et l'autre semaine chez moi.

— Vraiment?

— Vraiment. On est associés comme avant?

— Bien sûr que oui! ai-je répondu.

J'ai pris le maillet pour enfoncer un autre piquet. C'était si agréable que j'ai décidé de ne pas lui dire qu'elle avait mal cité tante Gertrude.

— Mais, a ajouté Lulu, il faut que tu me dises quelque chose : comment savais-tu qu'il y avait deux tentes dans le coffre de la voiture?

— Hein?

Je frappais la terre au lieu du piquet.

— Je... eh bien... ai-je bégayé.

Je n'en savais rien. Et puis, je me suis souvenu de ma nouvelle méthode pour être un génie : la règle du silence. J'ai fermé la bouche et j'ai souri.

— Oh, Cyril! Tu triches, a dit Lulu comme pour se plaindre, mais avec un grand sourire. D'accord, je trouverai bien par moi-même.

J'ai souri à nouveau, d'un air qui voulait dire «Vas-y, tu peux bien chercher», et j'ai continué à planter mes piquets. J'étais vraiment plus brillant quand je me taisais.

Je n'ai pas parlé de tout le souper, surtout pas dans les moments importants, et j'ai continué à me taire jusqu'à maintenant, car personne ne peut m'entendre. La façon dont le soleil couchant filtre à travers le bleu des parois de la tente donne l'impression que mes cailloux sont dans l'eau.

Dehors, au bord du lac, j'entends les autres qui font une dernière baignade. Je ferme le devant de la tente. Je veux être tout seul pour mettre au point mon dernier plan. Ce n'est pas un plan particulièrement brillant, mais je veux le réaliser tout seul.

Je sors quatre chaussettes de ma poche et je les étends sur le plancher de la tente. Je fredonne la chanson de tante Gertrude, je choisis les cailloux que je vais déposer dans chaque chaussette, un par un. Une pile pour Marie et monsieur Martin, quelques cailloux pour mon père, d'autres pour ma mère, et d'autres encore plus beaux pour tante Gertrude. Quand j'ai fini mes quatre piles, je tire une autre chaussette de ma poche et j'y glisse le gros morceau de verre de plage. C'est pour Lulu. J'entasse les cinq chaussettes à un bout de la tente. Le reste des cailloux peut très bien entrer dans mon sac à dos, il y a assez de place.

Quand j'ai terminé, je m'étire dans la lumière bleutée de la tente. Un criquet grésille déjà. Les voix me parviennent de la plage, et les oiseaux s'appellent. Quand tous les autres reviendront, je leur demanderai la différence entre «légal» et «permis par la loi», mais avant, je veux me reposer encore un peu. Après tout, l'été est loin d'être terminé.